Deseo®

Algo superficial

Cathleen Galitz

HARLEQUIN®

Editado por HARLEQUIN IBÉRICA, S.A.
Hermosilla, 21
28001 Madrid

ALGO SUPERFICIAL, Nº 1392 - 13.7.05
Título original: Only Skin Deep
Publicada originalmente por Silhouette® Books

I.S.B.N.: 84-671-2994-8
Depósito legal: B-23921-2005
Editor responsable: Luis Pugni
Composición: M.T. Color & Diseño, S.L.
C/. Colquide, 6 portal 2 - 3º H, 28230 Las Rozas (Madrid)
Fotomecánica: PREIMPRESIÓN 2000
C/. Algorta, 33. 28019 Madrid
Impresión y encuadernación: LITOGRAFÍA ROSÉS, S.A.
C/. Energía, 11. 08850 Gavá (Barcelona)
Fecha impresion para Argentina: 10.5.06
Distribuidor exclusivo para España: LOGISTA
Distribuidor para México: CODIPLYRSA
Distribuidores para Argentina: interior, BERTRAN, S.A.C. Vélez Sársfield, 1950. Cap. Fed./ Buenos Aires y Gran Buenos Aires, VACCARO SÁNCHEZ y Cía, S.A.
Distribuidor para Chile: DISTRIBUIDORA ALFA, S.A.

Capítulo Uno

Lauren Hewett sintió una extraña conexión con el hombre que tocaba el piano en un rincón de la sala. Como él, ella también era invisible. De hecho, el pianista fantasma tenía una ventaja sobre ella. Él al menos podía hacerse oír, algo que Lauren no había sido capaz de lograr desde que había cumplido los treinta y cinco años.

No estaba completamente segura de cuál era la causa de aquel fenómeno; sólo sabía que un día se había levantado y había descubierto que debido a su edad ya nadie le pedía su opinión en asuntos importantes y todos empezaban a tratarla como si fuera una especie de rareza.

Cuando la música dejó de sonar hizo un esfuerzo por dedicar una sonrisa al pianista. A fin de cuentas, sonreír vacuamente era uno de los deberes de la dama de honor... sobre todo si la dama en cuestión era además la hija de la novia. Pero Lauren no pudo reprimir un suspiro de pesar cuando una figura vestida de encaje del color marfil ascendió las iluminadas escaleras del vestíbulo. La novia era el centro de atención de una sala decorada con gusto y esmero. Lauren siempre había imaginado aquellas rosas rosas adornando el salón en que se celebraría su propia boda.

–Siempre la dama de honor, nunca la novia –murmuró para sí.

Se esforzó por reprimir la melancolía que se estaba adueñando de ella y centró su atención en el montaje de fotos que había en una de las paredes de la sala. Su favorita era una en la que aparecía ella sentada en el regazo de su padre, felizmente ajena al hecho de que éste moriría antes de que ella terminara sus estudios en el instituto. La mujer que se hallaba tras ellos con una mano sobre el hombro de su marido era una versión más joven de la sonriente novia que en aquellos momentos se encaminaba hacia los invitados.

Lauren se llevó un dedo a los labios y luego los apoyó sobre los labios de su padre en la foto, como para impedirle decir algo que pudiera arruinar el momento.

–No te preocupes, papá. Henry te gustará. Sabe cómo hacer feliz a mamá.

Al volver la mirada vio a Travis Banks, que se hallaba en el otro extremo de la sala y parecía tan aburrido como ella se sentía. Con su metro noventa sobresalía por encima del resto de las personas que se hallaban en el salón. Tenía aún mejor aspecto del que recordaba con su elegante traje negro, algo que apenas habría creído posible. Su presencia en la boda había sido toda una sorpresa. Era de todos sabido que el soltero más cotizado del condado evitaba a toda costa las bodas por temor a contagiarse de una enfermedad que él consideraba una plaga: «la nupcialitis».

–¡Daos prisa! –exclamó una voz femenina–. Barbara está a punto de lanzar el ramo.

Las solteras más jóvenes, visibles y bonitas, se apresuraron a ocupar un lugar ventajoso para atrapar el ramo. Demasiado mayor y hastiada como para tales tonterías, Lauren se fundió deliberadamente con el papel de la pared y siguió observando disimuladamente al hombre por el que estaba colada desde que comenzó a ir al instituto. Estaba en su primer año cuando Travis, el delantero del equipo de fútbol del colegio, robo su corazón... junto con el de casi todas las chicas del instituto.

Aunque entonces Travis tampoco pareció darse cuenta de que existía...

Mientras lo observaba decidió que el tiempo sólo había servido para mejorar su aspecto. No había ninguna cana en su pelo rubio arena, y el peso que había ganado debía haberse acumulado tan solo en sus músculos. Aunque Lauren no tenía ningún interés en atrapar el ramo, sí solía fantasear secretamente con la idea de atraparlo a él. Desafortunadamente, dudaba mucho que fuera a tener la oportunidad de bailar con él aquella noche, aunque sólo fuera una vez.

«¿Cómo es posible que mi madre se haya casado dos veces cuando yo aún ni siquiera he estado comprometida una? Creía que le estaba haciendo un favor quedándome con ella y resulta que lo que estaba haciendo era frenarla...»

Apartó rápidamente aquellos pensamientos de su cabeza, pues no quería caer en la autocompasión, y trató de centrarse en asuntos más prácticos. Por ejemplo, debía resolver dónde iba a vivir una vez que Cupido había alcanzado con uno de sus misiles el tejado de su casa. Su madre no quería que se fuera, ni nada parecido, y sabía que siempre sería bien acogida en su casa. Pero una cosa era vivir allí con la excusa de estar ocupándose de su madre y otra muy distinta compartir la casa con un par de recién casados. Que su madre ya tuviera más de sesenta años no impedía que en su vida hubiera más acción que en la de ella.

–¡Atrápalo, cariño!

Lauren giró al oír la voz de su madre y apenas tuvo tiempo de reaccionar para atrapar el ramo. La multitud rompió en aplausos y silbidos mientras una ruborizada Lauren alzaba su trofeo, cumplido de una madre con buenas intenciones, si no abiertamente desesperada.

Más tarde, Lauren escuchó el comentario de una decepcionada y ligeramente bebida Silvia Porter, que describió lo sucedido como «un auténtico desperdicio». Aunque no esperaba que un comentario así pudiera dolerle a sus años, le dolió. Tal vez aún más de lo que le habría dolido años atrás, cuando sus amigas y ella vivían creyendo que la popularidad importaba de verdad y que salir con el chico adecuado era un billete garantizado hacia la felicidad. La añoranza que captó en el tono de Sylvia impidió que se enfrentara a ella, pues era evidente su angustia ante la perspectiva de acabar tan anciana y sola como la dama de honor.

Lauren respiró profundamente e hizo lo posible por olvidar el tema. Desde luego, nunca había tenido intención de vivir su vida como el objeto de la lástima de nadie. De hecho, aún no hacía mucho que había imaginado una vida para sí que incluía un marido, niños, y las sencillas alegrías que tantas de sus amigas daban por sentadas en sus vidas. Por mucho que le aseguraran que ella era la más lista de todas, Lauren sospechaba que sólo pretendían ser amables. En algún momento se había convertido en la vieja solterona que trabajaba en el sistema público de enseñanza local.

Mirando atrás, Lauren suponía que había sido demasiado quisquillosa en la época en que aceptaba ocasionalmente una cita. Los pocos chicos del instituto con los que había salido habían sido demasiado agresivos para su introvertida naturaleza. Y tras un par de años de horribles citas a ciegas organizadas por amigas bien intencionadas cuando terminó sus estudios, acabó centrándose más y más en su rutina de trabajo y deberes públicos, que la distraían del hecho de que casi todas sus amigas estaban ya casadas... o se habían vuelto a casar.

De no ser por la reciente revelación de su madre de que se había enamorado de nuevo y tenía intenciones de casarse con Henry Aberdeen, probablemente nunca se habría visto obligada a salir de la habitación que había ocupado desde niña, ni a dejar su cómoda y rutinaria vida. Por encima de todo quería la felicidad de su madre, y si ésta había tenido la rara oportunidad de encontrar el verdadero amor por dos veces en su vida, ¿quién era la solterona de su hija para interponerse en su camino?

Mientras tomaba un sorbo de su copa de champán, Lauren pensó en su aburrida vida. Quería estar fuera de su casa para cuando los recién casados regresaran de su luna de miel en el Caribe. Y después pensaba ponerse a buscar activamente al hombre perfecto.

O al hombre más o menos perfecto.

El hecho de que los solteros de menos de sesenta y cinco años estuvieran tan cotizados como un piso decente en aquella zona, era tan sólo uno de los obstáculos que tendría que superar. Otro era su innata indecisión en todo lo relacionado con los asuntos del corazón. No necesitaba un psiquiatra para que le dijera que su temor a la intimidad estaba enraizado en el inesperado infarto que mató a su padre cuando más lo necesitaba. Lo que de verdad necesitaba era el valor necesario para superar su inseguridad... y la oportunidad de revivir sus sueños.

La oportunidad se presentó en la forma de Fenton Marsh, que se armó de coraje tras sus gruesas gafas para acercarse a ella e invitarla a bailar. Lauren ignoró su impulso inicial de rechazarlo. No era precisamente Travis Banks, pero debía empezar de algún modo, y mostrarse distante no le había servido para nada hasta entonces.

–Será un placer –se oyó decir, quizá con un exceso de ánimo.

Afortunadamente, su tercera copa de champán estaba teniendo el efecto que se suponía: atenuar sus inhibiciones. Si su madre podía pasar por alto la calva y la panza de su marido gracias al afecto que sentía por él, lo menos que podía hacer ella era cerrar los ojos ante los evidentes defectos de Fenton y centrarse en sus puntos fuertes... que él mismo se ocupó de recalcar en cuanto empezaron a bailar.

–Supongo que ya sabrás que desde que fuimos juntos al instituto me he hecho bastante rico.

Lauren parpadeó. Suponía que el hecho de que el padre de Fenton le hubiera dejado su tienda de comestibles tenía algo que ver con ello, pero se limitó a sonreír y a decir que se alegraba por él.

Animado por sus avances, Fenton giró con tal energía mientras bailaba que hizo perder el equilibrio a Lauren. Al estirar instintivamente un brazo tropezó con un hombre que en aquellos momentos se llevaba una copa de ponche a los labios. Inevitablemente, el ponche cayó sobre ambos.

Mientras Fenton se apresuraba para conseguir un paño, Travis Banks observó la mancha roja que adornaba su camisa blanca.

–Lo siento –murmuró.

Lauren se sintió desconcertada. A fin de cuentas, disculparse por algo que no era culpa suya era su especialidad.

–¿Por qué? ¿Por estar en el lugar erróneo en el momento equivocado? –preguntó mientras alzaba la mirada hacia sus ojos grises.

–Por entrometerme entre Ginger y Fred cuando estaban en medio de unos de sus más sofisticados pasos de baile.

El grave tono de la voz de Travis hizo que Lauren se quedará petrificada en el sitio, y no se dio cuenta de que seguía con las manos apoyadas contra su pecho hasta que Fenton reapareció con un montón de servilletas de papel. Entonces las apartó como si hubiera estado a punto de quemarse.

Pero habría sido muy tentador husmear bajo aquel traje para comprobar si había algo falso bajo sus pliegues.

Como un corazón, por ejemplo.

Incluso una profesora de inglés solterona como ella había oído rumores de que Travis Banks no tenía nada que envidiar a Casanova. Por lo visto quería vengarse del destino y de las mujeres del mundo por el desastre de matrimonio que había sufrido a base de utilizarlas como si fueran servilletas de papel.

Pero aquello no impedía que incluso las mujeres casadas suspiraran por él.

A veces incluso delante de sus maridos.

Los intentos de Fenton por secar el vestido

de Lauren sólo sirvieron para empeorar las cosas. Lo último que quería era desmoronarse el día de la boda de su madre.

–¿Puedo hacer algo por ayudar, Lauren?

El hecho de que Travis recordara su nombre resultó muy halagador. Lauren ya había asumido en el instituto que aquel Adonis tenía que estar demasiado distraído con las animadoras de su equipo como para fijarse en ella. Haciendo caso omiso de las campanillas de advertencia que sonaron en su cabeza, logró esbozar una sonrisa.

–Podrías ser tan amable de bailar conmigo hasta que me seque y recupere la compostura.

De pronto, a Lauren le dio lo mismo el decoro y lo que los demás pudieran pensar de ella. Había decidido lanzarse a conocer a todos los pretendientes posibles y no veía ningún mal en empezar por el más guapo de todos.

Además, ser vista con el soltero más cotizado del condado serviría para dejar claro que Lauren Hewett estaba de vuelta en el mercado.

Lo último que quería Travis Banks era bailar con la mujer que acababa de arruinar su camisa. Había planeado quedarse el tiempo justo para brindar con los recién casados antes de irse. No era especialmente aficionado a asistir a bodas. En aquellos momentos se hallaba rodeado de tantos relojes biológicos femeninos en pleno funcionamiento que era un milagro que aún pudiera escuchar la música.

Pero Lauren Hewett no era de las que presionaban. Más bien al contrario. Incluso en el instituto se había mostrado tan tímida que ningún chico le había prestado atención. Travis recordaba haber oído decir que se había quedado traumatizada por la muerte de su padre y que después se había dedicado exclusivamente a su trabajo y a su madre.

Había resultado conmovedor el modo en que había aceptado el ramo de su madre, y hasta el hombre menos caballeroso habría tratado de salvarla de las garras de Marsh y su insufrible ego. Bailar con la nueva hijastra de Henry era lo menos que podía hacer para ayudarla a superar un día que no debía estar resultando especialmente fácil para ella.

–Será un placer –mintió, y a continuación rogó para que el grupo interpretara una pieza movida que no lo obligara a hablar demasiado. Se sentía mucho más cómodo al aire libre con unos vaqueros y un par de viejas botas que con aquel elegante traje en medio de una fiesta.

Pero sus peores temores se hicieron realidad cuando el grupo se lanzó a interpretar una conocida balada. Un minuto después descubrió que su pareja tenía una figura encantadora bajo las capas de ropa que vestía. A pesar de que Lauren hacía todo lo posible por ocultar aquel hecho a ojos del mundo, Travis no pudo evitar que su cuerpo reaccionara al sentir sus delicadas y femeninas curvas presionadas contra él. El cuerpo de Lauren encajaba con el suyo tan perfectamente que no necesitó ningún esfuerzo para imaginarse a sí mismo bailando horizontalmente con ella.

Para variar, era agradable bailar con alguien que no parecía una especie de palo de escoba entre sus brazos. Nunca había logrado convencer a Jaclyn, ni a ninguna otra mujer, de que a la mayoría de los hombres no les atraía la imagen de anoréxicas que vendían en aquella época la mayoría de las revistas de moda. Las mujeres con una buena figura nunca se pasaban de moda para él. De pronto imaginó a Lauren con el vestido blanco que Marilyn Monroe llevaba en la famosa foto que se hizo sobre una salida de aire en plena acera y se excitó de un modo que lo dejó completamente desconcertado.

Pero en lugar de apartarse un poco, se sintió aún más atraído por el aroma de su perfume. Olía tan bien que tuvo que contenerse para no enterrar la nariz en su cuello y aspirar con fruición.

Observándola de cerca, Travis comprobó que tenía unos rasgos realmente agradables: ojos grandes de color esmeralda, buenos pómulos, un pelo negro sedoso apartado severamente de un rostro en forma de corazón y una carnosa boca que se curvaba seductoramente cuando sonreía. Simplemente, Lauren no acentuaba aquellos rasgos como otras mujeres, por ejemplo Jaclyn, su ex, que podían pasar horas ante un espejo para lograr proyectar ante el mundo la imagen que querían. El hecho de que Lauren no pareciera ser una de ellas resultaba admirable.

Pero lo cierto era que él estaba pagando una pensión desorbitada a Jaclyn y hasta aquel día nunca se había detenido a echar un segundo vistazo a Lauren.

–Me siento fatal por haberte estropeado la camisa. Tendrás que permitirme pagar el recibo de la tintorería.

Travis dijo que no era necesario, pero Lauren se negó a aceptar un no por respuesta.

–Insisto. Sólo hay un problema...

Cuando Lauren se mordió el labio inferior Travis se sintió hipnotizado por el gesto, que encontró increíblemente sexy.

–Te diría que me enviaras la factura –continuó ella–, pero aún no sé dónde voy a alojarme. Lo único que sé es que no voy a seguir mucho tiempo en mis señas actuales.

Travis vio a Fenton por el rabillo del ojo. Estaba esperando su turno al borde de la pista de baile, anhelante por retomarlo donde lo había dejado. Pero Travis no estaba tan dispuesto a renunciar a Lauren como había pensado al empezar a bailar con ella, de manera que la condujo en dirección contraria.

–Tengo que salir de aquí –dijo Lauren de repente, como si de pronto hubiera sufrido un ataque de claustrofobia.

Travis se preguntó cuánto champán habría consumido en el transcurso de la tarde.

–¿Te encuentras mal?

–Me encuentro mal y cansada de mi vida en general –admitió Lauren.

–Supongo que no puedo hacer nada por ayudar.

Lauren hipó con delicadeza.

–Siempre podrías casarte conmigo y acabar con este sufrimiento.

Travis se tambaleó. De pronto comprendió con claridad por qué el pobre March había tropezado y lo había bautizado con su ponche. Aquella había sido la proposición de matrimonio más rápida que había recibido en su vida por parte de una mujer a la que apenas conocía.

Su reacción hizo que Lauren se pusiera como la grana. Rió nerviosamente.

–No te preocupes. Sólo estaba bromeando. Pero al margen de tomar una medida tan drástica, siempre podrías ayudarme a buscar un sitio en que alojarme. Dadas las circunstancias, no querría seguir en esta casa mucho tiempo, y los únicos sitios de alquiler disponibles en la zona deberían ser declarados en ruinas.

El brillo de las lágrimas en los ojos de Lauren hizo que se desmoronaran las paredes que con tanto esfuerzo había erigido Travis en torno a su corazón. Al sentir cómo temblaba entre sus brazos maldijo su falta de sensibilidad. Era evidente que a la hora de ocultar sus sentimientos Lauren no parecía tan experimentada como la mayoría de las mujeres. Y probablemente se sentía especialmente vulnerable aquel día.

De hecho, la última vez que Travis había visto una criatura tan indefensa la había tenido encañonada con su Colt 45, y aunque el mapache estaba destruyendo el jardín de su madre, fue incapaz de disparar. La criatura se sintió tan feliz de poder seguir por allí que prácticamente lo adoptó como amo.

Una señal de advertencia se iluminó en el interior de su cabeza. Travis era un hombre que se esforzaba por mantener la distancia emocional con el sexo opuesto. Desde su divorcio tendía a considerar a las mujeres en general como seres manipuladores, fríos y calculadores. Pero resultaba difícil imaginar a aquella profesora de inglés con las mismas mañas que la mujer que había pulverizado su orgullo y su cartera cuatro años atrás.

Al notar que empezaba a sentir interés por el aspecto que tendría Lauren con el pelo suelto, tuvo que contenerse para no empezar a quitarle las horquillas y deslizar las manos por sus oscuras trenzas. Pero cuando ella apoyó la cabeza contra su hombro dejó de ser un compañero de baile reacio para convertirse directamente en su protector. Al sentir la calidez de su aliento contra su cuello, la estrechó con fuerza entre sus brazos mientras la banda interpretaba los últimos acordes de la canción. Cuando bajó la mirada y notó que las pestañas de Lauren estaban sospechosamente húmedas, algo se encogió en su pecho.

Sin pensar en las consecuencias de sus actos, se lanzó de inmediato en su rescate.

–Tal vez pueda resolver temporalmente tu problema de alojamiento –dijo a la vez que apoyaba una mano bajo la barbilla de Lauren para hacerle alzar el rostro–. Pero puedo asegurarte que soy la última persona del mundo que te conviene para ayudarte a encontrar marido.

Capítulo Dos

Nadie se sorprendió más cuando Lauren rodeo el cuello de Travis con los brazos y lo besó frente a todos los invitados que la propia Lauren.

Excepto tal vez Travis.

Un momento atrás estaba describiendo la modesta cabaña que había junto a su casa, en los terrenos que el estado cedió a su abuelo cuando apenas nadie estaba dispuesto a soportar los brutales inviernos de Wyoming, y al siguiente estaba recibiendo un beso que lo dejó totalmente anonadado.

Pero lo cierto era que Lauren se había limitado a presionar su boca contra la de él un instante antes de apartar el rostro y ruborizarse encantadoramente.

Travis jamás habría imaginado que aquel breve roce con los sorprendentemente dulces labios de Lauren destruiría todas sus ilusiones sobre la mojigata señorita Hewett. Bajo aquel exterior de ratón de biblioteca yacía la promesa de una auténtica pasión. Y el inesperado pensamiento de que tal vez llevara alguna prenda realmente seductora bajo aquel vestido intrigó a Travis tanto como el beso mismo.

Insatisfecho con aquel casto beso, sintió la tentación de devorar su boca para dejarle bien claro que él no era un hombre con el que se pudiera jugar. Se preguntó si el tímido ratoncito saldría corriendo a refugiarse en su agujero, o si se transformaría en una gatita salvaje... y él en su anhelante presa.

Miró a Lauren como si la estuviera viendo por primera vez. Más que el beso en sí, era su propia reacción lo que más lo había desconcertado. Era obvio que se había negado a sí mismo durante demasiado tiempo el placer de la compañía de una mujer... aunque no lograba pensar en ninguna otra que hubiera podido ejercer aquel efecto sobre él. De pronto se sintió tan excitado que no le habría sorprendido que Fenton se hubiera acercado para arrojarle encima otro vaso de ponche.

–¿Cuándo puedo verla?

Por un instante, Travis pensó que Lauren le estaba haciendo una proposición indecente, pero enseguida comprendió que se refería a la cabaña. Pero una mirada en torno al salón estilo Victoriano de la casa de Barbara Aberdeen le hizo dudar que la protegida hija de ésta fuera a sentirse cómoda en un entorno tan espartano como el que él podía ofrecer.

–No te sientas comprometida a nada hasta que la hayas visto.

–Lo único que pido es que tenga agua corriente y la fontanería necesaria.

–Hace unos años se instaló todo lo necesario,

pero no puedo garantizar nada respecto a su estado de limpieza.

–Sé cómo utilizar los trapos de polvo y una fregona –dijo Lauren con una sonrisa.

–Puede que los ratones hayan decidido instalarse en la cabaña antes que tú...

Lauren no se inmutó.

–Conseguiré un gato.

El candidato menos probable del mundo acababa de ofrecerle una oportunidad en bandeja de plata y Lauren no pensaba desaprovecharla. Pero aunque sus hormonas estuvieran alterando su sentido común en aquellos momentos, sólo podía asumir que Travis Banks no se sentía más atraído por ella de lo que ella se sentía atraída por Fenton Marsh.

Pero pensar que acababa de impresionar al playboy local le hizo sonreír tontamente. Pensaba impresionar a toda la comunidad antes de acabar de transformarse de oruga en mariposa.

–¿Cuándo quieres que pase a recogerte para enseñártela? –preguntó Travis.

Lauren sintió una satisfacción especial al darse cuenta de que Sylvia Porter había escuchado la pregunta de Travis y se había quedado boquiabierta. Probablemente habría asociado el hecho de que le hubiera tocado el ramo con lo que había sonado como una propuesta de cita.

–Cuando mejor te venga. Estamos en plenas vacaciones escolares y tengo tiempo libre.

–Voy a estar fuera el fin de semana, pero puedo pasar a por ti el lunes por la mañana.

Era perfecto. Aquello daría tiempo a Lauren para despedirse de su madre y su nuevo marido y de tener un respiro para empezar a recoger sus cosas. A menos que la cabaña fuera un completo desastre, quería trasladarse allí lo antes posible. El mejor regalo que podía hacer a su madre era devolverle su intimidad para cuando regresara de su luna de miel.

–Trato hecho –dijo, lo suficientemente alto como para que Sylvia la oyera.

Aquella noche, tras acompañar a su madre y a Henry al aeropuerto, y a pesar de sentirse agotada, Lauren apenas pudo dormir. Su mente estaba demasiado acelerada haciendo planes y pensando en su severo vestuario. La costumbre de ir siempre de compras con su madre había hecho que acabara vistiendo como una mujer mayor de lo que era.

Pero no había mejor época que el verano para reinventarse a sí misma sin la preocupación añadida de lo que pudieran pensar sus estudiantes y colegas en el instituto.

De manera que se levantó y empezó a amontonar ropa en bolsas para entregarla a la beneficencia. La limpieza hizo que el contenido de su armario quedara seriamente mermado, pero también hizo que ella se sintiera más liberada que nunca.

Y la liberación reclamaba una celebración. Sola en la casa por primera vez desde que podía recordar, Lauren llevó a cabo su primer acto consciente de rebeldía contra la aburrida y formal vida que llevaba: se acostó desnuda.

Cuando despertó a la mañana siguiente culpó a su desnudez del sueño erótico que había tenido con un hombre rubio de ojos grises... El hecho de que aquellos ojos fueran imperturbables en la vida real no supuso ninguna diferencia para la descocada criatura que en sus sueños había hecho mucho más que simplemente rozar sus labios contra los de él.

Aunque no solía dar mayor importancia a sus sueños, cuando llamó a su amiga Suzanne aquella mañana para comunicarle sus planes estaba empezando a desear que su sueño se hiciera realidad.

–¡Ya era hora! –exclamó Suzanne cuando Lauren le contó que iba a mudarse y que estaba dispuesta a cambiar de imagen–. ¡Desempolva tu tarjeta de crédito! ¡Estoy ahí enseguida!

Suzanne Venice, la última de las amigas de Lauren en casarse, era una librepensadora que opinaba que ninguna mujer podía saber lo que realmente quería de la vida hasta alcanzar los treinta años.

Veinte minutos después se presentaba en casa de Lauren con un montón de revistas de moda. La acompañaba una mujer joven con una minifalda vaquera.

–Esta es mi sobrina Claire, que ha venido a pasar unos días conmigo. Acaba de terminar sus estudios de cosmetología. Le he dicho que estabas en un momento ideal para probar algo nuevo y diferente.

La experiencia de Lauren con el mundo de las peluqueras y esteticistas se limitaba a la señora Castone, que le cortaba el pelo desde que iba al colegio... cosa que le sucedía a la mayoría de la población femenina de Pinedale. Para buscar algo más moderno tenían que ir a otra ciudad.

El aspecto de Claire era definitivamente moderno. Su pelo rubio en punta recordó a Lauren a un puerco espín, aunque a la joven le sentaba bien. Mientras Suzanne buscaba en unas revistas, Claire estudio el pelo y el rostro de Lauren con la intensidad de un cirujano en plena operación.

–¿Te fías de mí? –preguntó a la vez que hacía una pompa con su chicle.

Lauren asintió y cruzó los dedos tras la espalda mientras Claire le hacía ocupar una silla y sacaba las tijeras.

–No muy corto, por favor –dijo, cerrando los ojos.

Aunque su pelo no fuera el epítome de la moda, Lauren estaba bastante orgullosa de sus gruesas trenzas.

Una hora y media después abrió los ojos y vio el suelo lleno de pelo. Cuando se pasó una mano por el cuello desnudo estuvo a punto de gritar.

–Es fabuloso –aseguró Suzanne.

Claire colocó un espejo ante Lauren para que se mirara.

–¿Qué te parece?

Lauren no sabía qué pensar. El pelo le había quedado mucho más corto de lo que habría querido. A capas por detrás y en disminución por delante para enmarcar su rostro en forma de corazón, el estilo hacía aflorar los tonos rojizos de su pelo. Algunos mechones más largos añadían un toque femenino a un corte que pocas mujeres podrían llevar sin resultar un tanto masculinas. Pero a Lauren le daba un aspecto de elfo que la hacía parecer mucho más joven y a la moda.

–Puedo enseñarte a ponértelo en punta como el mío –dijo Claire.

Lauren tragó con esfuerzo. Hasta aquel momento no se había dado cuenta de cuánto había estado ocultando tras su pelo largo y su conservadora forma de vestir.

–Me gusta así mismo –dijo.

Suzanne sonrió y se frotó las manos.

–Y ahora hay que hacer resaltar esos preciosos ojos tuyos.

Sacó una pequeña bolsa de su voluminoso bolso y derramó su contenido de cosméticos sobre la mesa de la cocina.

Cuando Lauren se miró al espejo media hora después, apenas se reconoció. Una exquisita combinación de tonos marrones y de sombra y una aplicación de rímel más oscuro había conseguido el efecto buscado con sus ojos, y el maquillaje de su rostro enfatizaba sus altos pómulos y la carnosidad de sus labios, que se distendieron en una sonrisa cuando se miró.

–Y ahora ha llegado el momento de salir a comprar la ropa –anunció Suzanne.

Claire se negó a aceptar dinero por el corte de pelo y el maquillaje, pero pidió a Lauren que corriera la voz y la recomendara a sus amigas.

–Y también dejaré que me invites a una cerveza antes de marcharme de la ciudad –añadió mientras recogía sus cosas.

–Trato hecho –dijo Lauren.

A pesar de su gratitud, Lauren se alegró cuando supo que Claire no iba a acompañarlas de compras. Sus recomendaciones sobre lo que debía ponerse podrían haber resultado demasiado modernas para ella.

Suzanne se negó a ir de compras a las tiendas locales de siempre e insistió en ir a la zona más turística de Jackson Hole, donde había montones de boutiques en las que compraban su ropa famosos actores y actrices.

Cuando Lauren manifestó su preocupación por lo que pudiera costarle aquella aventura, su amiga puso rápidamente las cosas en perspectiva.

–Ir a la moda no es barato. Además, no tienes por qué comprarte una boutique entera. Con unas cuantas prendas bien elegidas bastará.

Lauren decidió que el gasto merecería la pena ante la posible perspectiva de iniciar una nueva vida con un hombre que la amara y apreciara.

Cuando regresó a su casa cargada de paquetes se sentía como una auténtica actriz... una actriz bastante nerviosa que no paraba de preguntarse cuándo aparecería el protagonista masculino de su vida en su último guión.

Como había prometido, Travis se presentó el lunes por la mañana en casa de Lauren para llevarla a ver la cabaña de su abuelo. Le había asegurado a Lauren que le estaría haciendo un favor si la ocupaba, aunque sólo fuera para mantener los ratones a raya, pero ella no quería ni oír hablar de no pagar nada. Travis suponía que no quería que nadie pensara que era una mujer «mantenida», o cualquier otra cosa igualmente arcaica.

La idea le hizo sonreír mientras avanzaba por el sendero que llevaba a la puerta de la casa de Lauren. No podía imaginar a nadie pensando que la conservadora señorita Hewett pudiera ser capaz de tal libertinaje. Tras la boda del pasado jueves, Travis no había dejado de pensar en el espontáneo beso que le había dado Lauren. Y había llegado a la conclusión de que había sobreestimado en exceso su impacto. Era fácil achacar su reacción al hecho de llevar demasiado tiempo sin contar con compañía femenina. La sorpresa de lo sucedido había hecho que su testosterona entrara en acción. Eso había sido todo. Y no pensaba volver a dejarse sorprender tan fácilmente.

Pero cuando Lauren abrió la puerta no se habría quedado más sorprendido si lo hubiera hecho completamente desnuda. Se quedó mirándola boquiabierto.

–¿Qué te has hecho? –preguntó, con una falta de tacto nada típica en él.

La sonrisa que le dedicó Lauren fue deslumbrante.

–Me he cortado el pelo –dijo, sencillamente–. ¿Te gusta?

–Normalmente no me gusta que las mujeres lleven el pelo corto –admitió Travis, aunque opinaba que Lauren había mejorado espectacularmente con aquel corte. Al ver que fruncía el ceño se dio cuenta demasiado tarde de que había herido sus sentimientos–. Pero a ti te sienta de maravilla ese corte –añadió rápidamente–. De hecho, estás fabulosa.

Al ver cómo se suavizaba la expresión de Lauren, se alegró de no haber tenido que mentir, pero no pudo evitar preguntarse si un simple cambio de imagen podía transformar a aquella tímida mujer en una floreciente Cenicienta. Al no ver ningún hada madrina por los alrededores, se recordó que él era la última persona del mundo para cuestionar lo que una mujer hiciera consigo misma. Su ex esposa había dejado bien claro que cualquier decisión que implicara el cuerpo de una mujer era prerrogativa de ésta.

Incluyendo si quería llevar adelante su embarazo o no...

Jaclyn no tenía ningún interés en pasarse el

día cambiando pañales o persiguiendo «mocosos». Daba igual que hubiera asegurado estar tomando la píldora cuando no era así. O que hubiera utilizado su embarazo para forzar a Travis a pedirle matrimonio. O que hubiera decidido abortar finalmente sin su consentimiento.

Travis nunca se había sentido tan impotente en su vida. Ni tan enfadado.

O dolido.

Aún se sentía abrumado por el recuerdo de aquel trágico día. Aún le costaba no apartar la mirada cada vez que veía a un padre jugando con su hijo en el parque, o enseñando a su «princesita» a montar en bici.

Trató de alejar aquellos deprimentes pensamientos mientras Lauren se volvía para cerrar con llave la puerta.

–Poca gente se molesta en hacer eso por aquí –comentó.

–Lo sé, pero hoy en día hay que tener mucho cuidado de quién se fía uno.

Travis no podía estar más de acuerdo. Recordándose que a veces los monstruos se presentaban ante uno con rostros bonitos y atractivos, redobló sus esfuerzos para proteger su corazón con la misma consideración que Lauren protegía la casa de su madre.

Una suave brisa llevó hasta él su delicado perfume de jazmín mientras se encaminaban hacia el todoterreno. Mientras abría la puerta para ella, Travis pensó que era una fragancia que podía meterse con facilidad bajo la piel de un hombre. No había logrado olvidarla desde el día de la boda y en aquellos momentos le estaba afectando considerablemente.

El todoterreno de Travis era especialmente alto y Lauren, que debía medir poco más de un metro sesenta, habría necesitado una escalera para entrar. Travis se ofreció a ayudarla y la tomó con ambas manos por la cintura para alzarla hasta el asiento.

Sus miradas se encontraron. Travis se perdió en un par de ojos del color de las hojas de los álamos al inicio de la primavera. No había color más suave y delicado en la tierra. Por un instante olvidó respirar.

El día de la boda, en la pista de baile, había tenido que superar diversas capas de tela para encontrar la cintura de Lauren, pero era evidente que ésta había decidido no ocultar sus atributos físicos aquel día. Vestía una sencilla blusa de color limón pálido que llevaba metida en la cintura de unos pantalones negros. No había nada especialmente sexy en los pantalones, por lo menos a primera vista... aparte de que el modo en que ceñían sus caderas hizo que Travis sintiera deseos de quitárselos.

Pero no debía olvidar que no estaba con una mujer frívola que sólo buscaba pasar un buen rato. Lauren le había dejado bien claro que estaba buscando marido. Ni siquiera estaba seguro de que estuviera bromeando cuando le pidió que se casara con ella.

Tras aquella ducha mental de agua fría, se esforzó en mantener una conversación superficial mientras conducía hacia el rancho Half Moon, que se hallaba a unos ocho kilómetros de allí, en la base de las montañas, diseccionado por un pintoresco río. Aquel lugar había pertenecido siempre a los Banks y para Travis lo era todo.

En contra de los consejos de su abogado, Travis decidió que Jaclyn podía quedarse lo que quisiera tras el divorcio, excepto el rancho. Carente de sentimentalismos o aprecio por la naturaleza, Jaclyn quiso parcelar la propiedad en cuanto se enteró de su valor. No entendía que alguien pudiera estar dispuesto a matarse trabajando en ella cuando podía ganarse una fortuna vendiéndola. No le llevó mucho tiempo descubrir que la su vida como esposa de un ranchero no iba a ser tan lujosa como había esperado, y decidió abandonarla con tanta rapidez como sus votos.

El aroma de Lauren impidió que Travis profundizara demasiado en aquellos desagradables recuerdos. Lauren parecía tan excitada ante la perspectiva de tener su propia casa que parecía totalmente ajena al efecto que estaba ejerciendo sobre él. Travis se alegró de haber pagado a alguien para que se ocupara de ordenar el lugar durante el fin de semana. Le daba igual que Lauren decidiera quedarse o no, pero no quería que se burlara de un lugar que ocupaba un lugar muy especial en su corazón. Los recuerdos que tenía de los ratos que había pasado en aquella cabaña con su abuelo eran de los mejores que conservaba.

Pero no habría tenido por qué preocuparse. Lauren se enamoró del lugar en cuanto lo vio.

–¡Es maravilloso! –exclamó, como si estuviera viendo el Taj Mahal en lugar de la modesta cabaña que Jaclyn solía considerar un desperdicio.

Mientras Lauren se lanzaba a manifestar sus ideas sobre las cortinas que pondría en las ventanas y el mobiliario que utilizaría, Travis no pudo evitar sonreír ante su entusiasmo.

Cuando Lauren se volvió hacia una ventana para contemplar las vistas y su silueta quedó marcada por el contraluz, Travis tuvo que contenerse para no pasar una mano por su cintura mientras compartía la vista con ella.

–Esta ventana es el punto central del cuarto de estar, ¿no te parece? ¿Te importaría si clavara algunos clavos en las paredes? Prometo que serán pequeños.

Travis sabía cuánto le habría gustado a su abuelo ver que alguien apreciaba tanto su cabaña como para darle unos toques personales.

–Puedes clavar los que quieras –contestó, mientras trataba de no imaginar que desnudaba a Lauren allí mismo y le hacía el amor contra la pared.

Los ojos de Lauren brillaron cuando sonrió y prometió conservar el ambiente de la cabaña.

–Si te apetece puedes utilizar el mobiliario que hay –dijo Travis–. Si estás segura de que quieres quedarte, tiraré lo que no te interese a la basura. Hace tanto tiempo que nadie vive aquí que no sé a cuánto puede ascender el recibo de la luz. Dado el tamaño de la cabaña no creo que pueda ser mucho.

Lauren volvió a sonreír, y el guiño que dedicó a continuación a Travis fue tan inesperadamente juguetón que éste se preguntó si lo habría imaginado.

–No te preocupes por eso. Con un poco de suerte, para cuando llegue el invierno ya me habré ido de aquí, ya que sólo planeo quedarme hasta que me case.

Capítulo Tres

Por la mirada que le dedicó Travis, lo mismo habría dado que Lauren hubiera dicho que iba a tomar el siguiente vuelo a Marte. Que se sorprendiera tanto por lo que había dicho resultaba insultante. Por primera vez aquel día se sintió incómoda en su presencia. Tal vez no fuera una de las supermodelos con las que se rumoreaba que se entretenía Travis, pero en los últimos días Lauren había llegado a la conclusión de que a un hombre podrían pasarle cosas mucho peores que ser visto con ella por la ciudad.

–Ni siquiera sabía que estabas comprometida –dijo Travis.

Lauren hizo un despreocupado gesto con la mano.

–No lo estoy. Todavía.

Firme creyente en la fuerza del lenguaje, Lauren consideraba que las palabras de una persona marcaban su futuro. Estaba preparada para pedir al generoso universo que le otorgara el hombre de sus sueños. No tenía por qué ser especialmente guapo ni hacía falta que tuviera mucho dinero. Sólo quería acabar sus días con un hombre amable y cariñoso a su lado, que amara a sus hijos y apreciara a una buena mujer. Era una lástima que Travis Banks estuviera por encima de unos sueños tan humildes.

–No te preocupes –añadió, con la esperanza de poder borrar la expresión de asombro de Travis con el mismo humor insinuante que tan bien le había funcionado hacía un rato–. Aún no puedo decir que haya encontrado al afortunado, pero creo que el secreto del éxito en la vida reside en una buena planificación.

Aliviado al ver que no estaba en el punto de mira de Lauren, Travis asumió el aire de un divertido sureño al hablar.

–Pero señorita Hewett, ¿acaso está sugiriendo que piensa recibir caballeros en la propiedad?

Sin perder comba, Lauren agitó exageradamente las pestañas ante él.

–Eso es exactamente lo que estoy diciendo. ¿Supondría algún problema?

Su franqueza resultó desconcertante para Travis, que aún estaba sorprendido por el alivio que había sentido al escucharle decir que aún no estaba comprometida. Y ya que dudaba que una mujer de su reputación fuera a dedicarse a organizar orgías, no tuvo ningún problema en darle la llave de la cabaña.

–Claro que no –contestó a la vez que le dedicaba un guiño–. Me da igual si transformas el lugar en la mansión de una «playgirl».

Lauren ignoró la ironía del tono de Travis y aceptó la llave que le ofrecía. La llave de su libertad. Aunque aquella distancia no bastara para evitar los cotilleos locales, estaba lo suficientemente alejada como para darle cierto sentimiento de intimidad y autonomía.

¡Su propia casa! Sólo unos días atrás aquello le habría parecido imposible.

En el trayecto de regreso estaba demasiado distraída pensando en sus planes como para fijarse en las miradas de reojo que le dirigió Travis. Éste ya había dejado bien claro cuánto apreciaba su condición de soltero, de manera que podía descartarlo como posible pretendiente. Además, no consideraba que Travis Banks fuera un hombre adecuado para tenerlo por marido.

El hecho de que siempre hubiera sentido que se derretía cada vez que lo miraba no significaba que no supiera distinguir la fantasía de la realidad. Por un lado, Travis llevaba aún mucha carga de su relación anterior. Por otro, era demasiado atractivo y seguro de sí mismo. Aún insegura sobre su propio aspecto, a Lauren no le hacía gracia la idea de tener que competir con el resto de las mujeres del mundo para llamar su atención. Y le atraía aún menos la posibilidad de casarse con alguien que pudiera engañarla en cuanto alguna mujer más guapa que ella se cruzara en su camino. Además, lo más probable era que un auténtico vaquero como Travis se preocupara más por su ganado que por cualquier mujer.

Una vez decidido aquello, decidió utilizarlo de confidente.

–¿Cuál te parece que es el mejor lugar de la ciudad para buscar solteros?

–¿Aparte de la iglesia y la lavandería local? –preguntó Travis con ironía.

Lauren puso los ojos en blanco.

–Me refiero a un bar, o algo parecido.

Por la reacción de Travis parecía que le hubiera pedido información sobre un servicio de acompañantes masculinos, pero Lauren se negó a apartar la mirada. ¿Quién mejor que el soltero más cotizado del condado para aconsejarle sobre aquello?

–El Alibi –dijo Travis a regañadientes–. Si lo que buscas es una aventura de una noche, ese es el lugar.

No era aquello lo que buscaba Lauren, pero no se le ocurría mejor forma de anunciar sus intenciones que pasear por los lugares adecuados. En una población pequeña como aquélla, era necesario tomar medidas drásticas para romper con una imagen estereotipada como la suya. Y el hecho de que permitiera que algún hombre la invitara a beber algo no significaba que fuera a acostarse con él. Su meta era el matrimonio, no el sexo gratuito... aunque esperaba que el primero fuera acompañado de una buena dosis de lo segundo.

–Si te interesa, hay una reunión social en la iglesia este fin de semana.

El pulso de Lauren se aceleró ante la posibilidad de que Travis le estuviera pidiendo que lo acompañara, pero su despreocupado tono le hizo comprender que no era así. Al sentir una inesperada e intensa decepción por ello, se juró no volver a permitir que Travis pisoteara su orgullo. Alzó la barbilla con gesto desafiante.

–No estoy interesada en esas reuniones.

Una mujer más experimentada habría sido capaz de leer la frustración que manifestó el rostro de Travis, pero Lauren se limitó a volver la cabeza para mirar por la ventanilla.

Travis estaba realmente impresionado con la laboriosidad de su inquilina. Lauren había aceptado su oferta y le había pedido que se llevara parte del mobiliario. Cuando regresó la encontró frotando enérgicamente el suelo de madera. Con el pañuelo que se había puesto para mantener el pelo apartado de su rostro parecía la viva imagen de la laboriosidad doméstica. Apoyada sobre rodillas y manos, presentaba una tentadora visión que hizo aflorar los pensamientos más indecentes en la mente de Travis.

Cuando carraspeó para anunciar su presencia, Lauren se llevó de inmediato una mano al pelo, como avergonzada por haber sido atrapada con aquel aspecto. Travis prefirió que creyera que ése fue el motivo por el que renunció a su invitación para quedarse a comer a que descubriera la verdadera causa por la que tenía tanta prisa por irse. Enlazando las manos con aparente despreocupación sobre el repentino abultamiento de sus vaqueros, salió de la cabaña con el mismo garbo que habría manifestado un adolescente incómodo con su recién descubierta sexualidad.

Al día siguiente se limitó a observar desde la seguridad de su propio porche las maniobras de Lauren mientras sustituía las viejas y ajadas cortinas de la cabaña por otras nuevas y mucho más femeninas.

Pero cuando llegó el camión con la cama y el sofá que había comprado Lauren y vio luego a los transportistas cómodamente sentados en las escaleras del porche disfrutando de la limonada que les había ofrecido Lauren, comenzó a inquietarse. Y su inquietud aumentó cuando el más joven y fuerte de los dos se ofreció para ayudar a Lauren a abrir una ventana atascada.

Después, con lo que a él le pareció una sonrisa exageradamente radiante, rellenó el vaso del joven no solo una, sino dos veces. Travis aún no había logrado acostumbrarse al nuevo aspecto de Lauren. No era sólo su corte de pelo ni su maquillaje lo que atraía su atención. Había un nuevo matiz en su forma de andar, de moverse, algo en lo que no recordaba haberse fijado antes.

Si Lauren Hewett llegara a descubrir el efecto que podía ejercer sobre un hombre, podría volverse directamente peligrosa. No entendía cómo se le había ocurrido mencionar un lugar tan infame como el Alibi cuando le había preguntado por un sitio adecuado en que conocer hombres solteros. Desde que habían hablado de aquello no había dejado de rogar para que Lauren lo olvidara y optara por acudir en su lugar a las reuniones en la iglesia. Esperaba que el trabajo en la cabaña la dejara lo suficientemente agotada como para que luego le quedaran ganas de ir a meterse en líos.

Pero se equivocaba.

Lauren se miró en el espejo una última vez antes de ponerse un poco de perfume para salir. La había puesto tan nerviosa la idea de ir sola a un bar que había llamado a Suzanne para contar con su apoyo moral, pero su amiga tenía otros planes, aunque se ofreció a enviar a su sobrina Claire en su lugar.

Lauren se reunió con ella fuera del bar a las nueve en punto. Claire no pareció sentirse en lo más mínimo impresionada por el ambiente del Alibi. De hecho, pareció muy complacida con los silbidos y «hurras» que acompañaron su entrada. El coche de patrulla que había cerca de la entrada no parecía quitar las ganas de juerga a los numerosos vaqueros y trabajadores de las explotaciones petrolíferas de la zona que acudían allí con el salario quemándoles los bolsillos.

Dada su juventud, Claire iba totalmente a la moda, pero Lauren llevaba un vestido veraniego de tirantes que no parecía encajar precisamente demasiado en aquel antro.

Algo que se evidenciaba nada más entrar era que el número de hombres superaba con creces al de mujeres, algo que pareció complacer a Claire.

–Me gusta la proporción –comentó a la vez que apoyaba una mano en la espalda de Claire para que se animara a avanzar.

En cuanto se sentaron, Claire sacó un cigarrillo y lo encendió. Lauren estuvo a punto de pedirle que lo apagara, pero habría resultado ridículo hacerlo en aquel lugar ya tan cargado de humo.

–¡Tequila! –exclamó la multitud al ritmo de la canción que estaba tocando una banda en el escenario que se hallaba junto a la pista de baile.

Lauren comenzó a llevar el ritmo con el pie. El lugar estaba abarrotado. Incapaz de llamar la atención de una de las camareras, se sorprendió cuando una de ellas se acercó a su mesa con dos bebidas en la bandeja. El delantal que llevaba era bastante más largo que su falda.

–De un par de admiradores –dijo mientras dejaba los vasos en la mesa.

Las bebidas eran tan fuertes que Lauren pensó que el camarero había olvidado ponerles soda. Acostumbrada como estaba a ser invisible, no sabía cómo reaccionar a toda la atención que de pronto estaba recibiendo. Los hombres estaban estirando el cuello para poder mirarlas mejor.

Claire parecía más que dispuesta a ayudarla a disfrutar del momento.

–Bebe –dijo, y brindó con el vaso de Lauren a

la vez que miraba a un par de atractivos vaqueros que charlaban en una mesa cercana–. ¡Tequila!

–Esa mujer debe tener el sentido común de un ganso –murmuró Travis para sí.

Estaba sentado en un taburete junto a la barra del bar, desde donde podía divisar la entrada. Se recordó que había pasado por allí para beber algo, no para vigilar a su inquilina. Desde luego que no. No podía decirse que la hubiera seguido al Alibi poco después de verla salir de la cabaña. Simplemente le había apetecido ir a la ciudad más o menos a la misma hora.

Y no había duda de que Lauren tenía un aspecto muy sexy con aquel delicado vestido cuyo anchísimo cinturón realzaba su esbelta cintura... algo que parecían haber notado todos los hombres del bar. Un tipo listo habría dejado que Lauren se las arreglara sola con sus planes para atrapar a un hombre, por mal diseñados que estuvieran.

A pesar de que no había dejado de repetirse que él no era el guardián de nadie, su adrenalina entró en acción junto con su sentimiento de protección al oír el sugerente comentario que hizo sobre su inquilina un hombre que pasaba cerca. Se recordó que el comentario no había sido hecho para sus oídos y apretó los puños antes de dar un trago a su cerveza. Si Lauren no se iba enseguida, estaba dispuesto a plantarse en su mesa y asustar a los tipos más amenazadores hasta que estuviera dispuesta a irse.

Estaba a punto de levantarse cuando un vaquero enorme saludó a Lauren llevándose una mano al sombrero y se acercó a su mesa para cobrarse las dos bebidas a las que había invitado a las dos mujeres.

Lauren aceptó cuando le pidió que bailara con él y Travis vio que un momento después reía en la pista mientras su compañero de baile la hacía girar. Cuando sonaron los últimos acordes de la canción, Travis comprobó con preocupación que ya había una hilera de hombres en torno a la pista esperando una oportunidad para ganarse su afecto. Lauren no tuvo oportunidad de regresar a la mesa antes de que otro tipo la tocara en el hombro para sacarla a bailar.

–La dama está conmigo –dijo en tono amenazador el vaquero con que acababa de bailar.

Lauren había acudido allí en busca de posibles pretendientes y no estaba dispuesta a limitarse un solo candidato posible, de manera que sonrió con dulzura al vaquero que las había invitado a beber.

–Te reservo el siguiente baile –prometió.

Mientras Lauren bailaba, Claire se había puesto a charlar con uno de los tipos que había llamado su atención y al parecer iba a irse con él. Lauren se despidió de ella con la mano mientras regresaba a su mesa. Se sorprendió al ver a Travis sentado en ella con el ceño fruncido.

–Ponte la cazadora –dijo cuando ella se sentó a su lado–. Voy a llevarte a casa.

Lauren supuso que le preocupaba que se hubiera quedado sin compañía.

–He traído mi coche.

Pronunció aquellas palabras con sumo cuidado para que Travis no sospechara que había bebido. Estaba segura de que la mejor cura para ello se hallaba en la pista de baile.

–Puedes dejar tu coche aquí esta noche –dijo Travis.

Lauren negó con la cabeza y terminó de un trago su bebida, aunque lo cierto era que normalmente jamás bebía.

Travis estaba sintiendo la intensidad de la mirada de al menos media docena de hombres que no apartaban los ojos de él. Sonrió neutralmente.

–Quédate por aquí, muñeca –dijo un vaquero rubio y pálido que se hallaba en la mesa contigua–. Yo te llevaré a casa cuando quieras.

Travis se puso tenso. Lo supiera Lauren o no, estaba desbocada. Si su propia hermana Callie llegara a encontrarse alguna vez en una situación como aquélla, esperaba que alguien interviniera para salvarla de sí misma. Aunque, conociendo a Callie, lo más probable era que alguien tuviera que salvar al desconocido de ella.

A pesar de todo, Travis jamás se habría perdonado que una mujer tuviera problemas pudiendo haber hecho él algo para evitarlos. Para algo se había encargado su madre de remacharle miles de veces que la obligación de un hombre era proteger a su dama. Por muchas locuras que estuviera haciendo ésta...

Una poderosa mano se apoyó sobre el hombro de Lauren.

–Olvídalo amigo –anunció una hostil voz tras Travis–. Yo voy a llevarla a casa.

Al parecer, el vaquero que había sacado a bailar a Lauren por primera vez no parecía contento con la perspectiva de verse fuera de la silla de montar.

Pero el vaquero pálido tampoco parecía dispuesto a renunciar. Cuando se levantó, Travis comprobó que era Toss Weaver, un ex boxeador famoso en la zona porque solía dedicarse a provocar peleas a base de tirar al suelo los sombreros de sus contrincantes.

Como medida preventiva, Travis se quitó el sombrero y lo dejó sobre la mesa.

–No hay motivo para... –empezó a decir Lauren.

–¡Tú cállate! –espetó Toss sin molestarse en mirarla.

Travis no podía permitir que las cosas fueran más lejos. Tomó disimuladamente una de las patas de la silla de Lauren y tiró de ella hacia atrás cuidadosamente, tratando de no llamar la atención. Habiendo sufrido varios ojos morados a lo largo de su vida a causa de su caballerosidad, Travis no tenía ninguna intención de entrometerse entre aquellos dos gigantes.

Un segundo después, el primer vaquero aterrizaba de espaldas sobre la mesa y las bebidas salían disparadas en todas direcciones. Travis tomó a Lauren por la muñeca y la hizo levantarse.

–¿Qué crees que estás haciendo? –protestó ella.

Travis no contestó mientras se escabullía con ella hacia la pista de baile. El sonido de los insultos y las mesas y vasos rompiéndose hizo que la gente se arracimara en torno a los contrincantes.

La banda siguió tocando como si no pasara nada. Travis pasó una mano por la cintura de Lauren y empezó a bailar con ella a la vez que se dirigía poco a poco hacia la puerta trasera.

Una sirena sonó en el exterior.

–¿Pero no deberíamos...?

Travis silenció a Lauren haciéndole apoyar la cabeza contra el hueco de su hombro. Apoyó la cabeza en su pelo y aspiró el aroma que no había dejado de perseguirlo desde que lo había olido por primera vez en Lauren. Era mucho más intoxicante que cualquier bebida.

Lauren se dejó llevar. Teniendo en cuenta lo que había bebido y lo poco acostumbrada que estaba a hacerlo, no llevó mal el ritmo.

–Qué agradable... –murmuró, claramente complacida.

Travis sintió que se le ponía la carne de gallina. La salida trasera estaba a pocos pasos de distancia. A pesar de lo poco que le apetecía soltar en aquellos momentos a Lauren, la tomó de la mano y salieron rápidamente del local.

La mirada de Lauren reflejó su sorpresa al encontrase de pronto al aire libre.

Travis no lograba entender cómo era posible que alguna vez hubiera pensado que aquella mujer era poco agraciada y aburrida.

Contemplando su rostro a la luz de la luna, comprendió que sus sentimientos hacia ella ya no tenían nada de fraternales. Y aquello resultaba mucho más intimidante que la perspectiva de cualquier Neandertal dispuesto a darle una buena paliza en el bar.

Capítulo Cuatro

–¿Por qué acabaré empapado cada vez que estoy cerca de una pista de baile contigo? –preguntó Travis.

Lauren lo miró con el ceño fruncido.

–Tal vez porque no dejas de entrometerte en mi camino.

Travis dio un paso atrás. Después de haber puesto su integridad física en peligro por ella, no podía creer que Lauren tuviera la audacia de estar enfadada con él.

–Dados tus sentimientos, supongo que sería absurdo esperar que quisieras darme las gracias.

–¿Por qué? ¿Por haberme estropeado la tarde?

–Para empezar, por haber salvado tu virtud –replicó Travis, y sus palabras sonaron artificiosas incluso a sus propios oídos. Sabía en qué siglo vivía. Tal vez pensaba que los valores tradicionales atraerían al tipo de mujer que siempre había asumido que era Lauren.

–No es mi virtud lo que está en juego. ¡Es mi futuro! –protestó ella, exasperada–. Supongo que piensas que debería estarte agradecida por «salvarme» ahí dentro, pero lo cierto es que hoy me he divertido más que en mucho tiempo. Tal vez esté mal que me haya emocionado que dos tipos como esos se hayan puesto a pelear por mí, pero te aseguro que lo sucedido ha sido más excitante que nada de lo que hubiera podido pasar en la reunión en la iglesia.

–Tu plan de llevarte a uno de esos cavernícolas al altar funcionaría mejor en las Vegas –espetó Travis–. Aquí acabarías en la habitación de un hotel barato o en el asiento trasero de un coche aparcado lo suficientemente lejos para que nadie pudiera oír tus gritos.

Conmocionada por la advertencia, y dolida porque Travis pensara que estaba desesperada por casarse con cualquiera, Lauren buscó sus llaves en el bolso.

–¿Por qué no me sueltas el brazo y dejas de opinar sobre mi virtud antes de irte a dormir?

Travis notó que Lauren arrastraba un poco las palabras a causa del alcohol, y no estaba dispuesto a dejar que se sentara ante un volante.

–Los amigos no dejan que sus inquilinos conduzcan bebidos –murmuró.

Lauren dio un tirón para liberar su brazo.

–¡Suéltame!

Su exclamación llamó la atención de uno de los policías, que se encaminó de inmediato en su dirección. Travis hizo lo que tenía que hacer para alejar cualquier sospecha de que Lauren necesitaba ayuda.

La besó.

Aunque sólo pretendía hacerla callar, el beso se transformó rápidamente en algo mucho menos práctico cuando Lauren pareció disolverse entre sus brazos. Sus labios sabían aún más dulces de lo que recordaba, y notó que tras aquella dulzura ardía un intenso deseo. La maestra demostró ser una buena alumna cuando Travis le hizo entreabrir los labios. El gritito de sorpresa de Lauren cuando le introdujo la lengua se transformó rápidamente en un delicioso gemido de satisfacción.

Fue un beso totalmente sexual, húmedo, cargado de deseo.

Travis la estrechó contra su excitado y ya endurecido cuerpo para hacerle sentir el poder que tenía sobre él. Al pensar que alguno de los matones del bar podría haberse aprovechado de ella, un intenso sentimiento de posesividad se apoderó de él a la vez que procedía a devorarla.

Lauren había soñado con que sucediera aquello desde que inició sus estudios en el instituto. Pero ninguna de sus fantasías de adolescente la había preparado para la realidad de los besos de Travis Banks. Casi dolorosamente maravillosos, sus besos desafiaban toda descripción.

Ni siquiera notó que el bolso se deslizaba de su hombro y caía al suelo. Estaba demasiado concentrada en las manos de Travis y en cómo estaba explorando con ellas cada curva de su cuerpo, en la increíble sensualidad de las caricias de su lengua.

Presionados contra su poderoso pecho, sus

pezones se endurecieron de un modo casi doloroso. Al sentir que las rodillas se le volvían de gelatina, tuvo que rodearlo con los brazos por el cuello para no caerse allí mismo.

Cuando finalmente se apartó, Travis respiró profundamente antes de apoyar la barbilla sobre la cabeza de Lauren. Después saludó con la mano al agente, que se había detenido en seco ante la amorosa manifestación de la pareja.

–Todo está bajo control, oficial.

Pero Lauren había sentido los fuertes latidos de su corazón y sabía que no estaba más controlado que ella. Y no pudo evitar sentir cierto orgullo femenino al recordar el revelador abultamiento de sus pantalones.

Cuando se agachó a recoger su bolso el agente ya se encaminaba de vuelta a su coche.

La mezcla del alcohol que había consumido combinada con la intoxicación del beso que acababa de darle Travis la habían dejado lista para retirarse. Habría sido absurdo volver al bar pensando que podía encontrar a alguien que pudiera besar mejor que el hombre que aún la rodeaba con sus brazos.

–¿Estás seguro de que no te importaría llevarme a casa? –preguntó, repentinamente dócil y sumisa.

Travis sonrió.

–Me queda de camino –dijo mientras se encaminaba con ella hacia su todoterreno.

Una vez en el cálido interior del vehículo, Lauren sintió que el ambiente estaba cargado de una fuerza desconocida y completamente impredecible.

–¿Te importa si enciendo la radio? –preguntó Travis.

–Adelante. Por mí no hay problema.

Era posible que Travis necesitara ruido de fondo para no quedarse dormido, pero Lauren no se había sentido más viva y despierta en su vida. Mientras observaba las poderosas manos de Travis apoyadas sobre el volante, pensó que en realidad apenas había sabido nada sobre su vida desde que lo había conocido.

–¿Te importaría decirme qué paso entre Jaclyn y tú? –preguntó, sorprendida de su propia audacia–. Todo el mundo pensaba que erais la pareja perfecta.

Jaclyn era una mujer elegante, sofisticada, guapa y delgada como una modelo. Lauren no podía imaginar qué había pasado para que dos personas como ellos tuvieran problemas tan serios como para acabar divorciándose.

–Supongo que queríamos cosas diferentes de la vida –contestó Travis tras un momento de silencio. Aunque habló con suavidad, el tono de su voz no pudo ocultar la amargura que sentía por el fracaso de su matrimonio–. Al final resultó que no estábamos de acuerdo en nada.

–¿Por ejemplo?

Travis suspiró.

–Por ejemplo sobre si los hijos son una bendición o una maldición. Sobre si Wyoming es el cielo o el infierno en la tierra. Sobre si podía ponerme celoso o no. Sobre si el matrimonio era una verdadera asociación entre dos personas que se respetaban y querían o la licencia para tratar de cambiar al otro. Y sobre si alguna cantidad de dinero bastaría para resolver nuestras diferencias.

–Supongo que eran diferencias irreconciliables –dijo Lauren con suavidad. Había percibido el dolor y la recriminación que había en las palabras de Travis y le habría gustado poder hacer algo para aliviar su dolor. Se preguntó cuál de los dos habría sido el que no quería tener hijos.

–Eso es lo que dicen los papeles del divorcio, y prefiero dejarlo así que remover las heridas buscando un culpable.

A pesar de su evidente angustia, a Lauren la impresionó que Travis no se lanzara de inmediato a hablar mal de su ex esposa, como hacían muchos divorciados. Impulsivamente, le palmeó un muslo con la mano. El inocuo gesto hizo que una descarga eléctrica recorriera su cuerpo, recordándole que el hombre con el que tanto solía soñar no era un producto de su imaginación, sino que estaba hecho de carne y sangre.

Como ella.

Travis retiró una mano del volante y cubrió con ella la de Lauren.

–¿Tienes idea de lo que me estás haciendo, cariño?

Absurdamente conmovida por el hecho de que se hubiera dirigido a ella con aquel apelativo, Lauren tuvo que recordarse por enésima vez que Travis no era la clase de hombre que le convenía. No podía mandar al traste su elaborado plan por una noche de fuegos artificiales.

Pero lo cierto era que Travis la hacía sentirse como algo precioso que mereciera la pena proteger y defender a toda costa. Y el hecho de que hubiera acudido en su rescate, aunque innecesariamente, indicaba que no trataba de aprovecharse de ella.

Ya que Lauren no respondió a su pregunta, Travis la contestó sin necesidad de palabras cuando tomó su mano y le hizo apoyarla sobre su bragueta. Lauren tuvo que esforzarse por mantener la compostura.

–Por si no lo sabes, aquí está toda la prueba que necesitas.

Lauren se sintió igualmente tentada a retirar la mano y a dejarla donde estaba para ver cómo reaccionaba Travis. Ni en sus sueños más atrevidos se había imaginado nunca a sí misma acariciándolo de aquel modo mientras la llevaba a su casa en coche.

Finalmente dejó la mano donde estaba y se arrimó a él en el asiento. Necesitaba satisfacer su curiosidad de una vez por todas.

Las mujeres podían infravalorar el tamaño todo lo que quisieran, pero se humedeció de inmediato al pensar en la posibilidad de que algo tan grande y duro pudiera penetrar en su cuerpo. Y poder hacer gemir a un hombre de aquel modo resultaba embriagador.

Lauren no era virgen pero, ciertamente, su experiencia era muy limitada. Y aunque lo había pasado bien aquella noche en el bar, en ningún momento había sentido el deseo de besar a ninguno de los hombres con los que había bailado. Desde luego, ninguno había hecho que le entraran ganas de quitarse la ropa, lanzar sus inhibiciones al viento y meterse en la cama con él.

Excepto Travis.

El todoterreno dio un viraje brusco y Travis tomó el volante con ambas manos para enderezarlo. Un momento después, las luces del vehículo iluminaban la entrada del rancho Half Moon.

–Ya estamos en casa –anunció, con una mezcla de frustración y alivio.

¿Podía haber palabras más dulces para una mujer que anhelaba una relación con un buen hombre? La palabra «casa» evocaba imágenes de un agradable fuego en el hogar de la chimenea, evocaba el olor a pan recién hecho, a flores en la mesa, al sonido de la risa de unos niños en el ambiente...

Lauren deseó que hubiera algún modo de hacer saber a Travis que quería mucho más que la mera satisfacción física que sus cuerpos exigían.

–La esperanza es lo último que se pierde –susurró, sin esperar que Travis pudiera escuchar, y menos aún satisfacer el deseo de su corazón.

Capítulo Cinco

Travis acompañó a Lauren hasta la puerta en silencio. Las palabras que le había escuchado susurrar lo habían dejado sintiéndose como un miserable por haber permitido que sus pensamientos se encaminaran por una senda tan puramente carnal. Todo lo que Lauren quería era un hogar, un marido e hijos. Nunca había pretendido otra cosa.

En el estado en que estaba, prácticamente se había arrojado en sus brazos cuando le había abierto la puerta del todoterreno, algo que encontraba tan erótico como sus persistentes fantasías sobre llevársela a la cama. La calidez del encantador cuerpo de Lauren presionado contra el suyo habría bastado para debilitar al hombre más fuerte. No recordaba haber deseado a una mujer tan intensamente desde que era un adolescente con más imaginación que experiencia.

Pero el problema residía en que él no estaba preparado para la clase de compromiso que buscaba Lauren. La honestidad que la impulsaba a manifestar abiertamente sus intenciones de encontrar marido antes de que cayeran las primeras nieves haría que los solteros de la zona huyeran a toda prisa en busca de refugio. Y él estaba tan empeñado en mantener su condición de soltero como Lauren en terminar con la suya.

–¿Quieres pasar? –preguntó ella.

«Más de lo que quiero admitir».

–En realidad no debería hacerlo –Travis trató de no distraerse con el delicado aroma de Lauren–. Pero no me importaría echar un vistazo para ver qué has hecho en la casa.

Cuando entraron y Lauren encendió la luz, Travis se quedó impresionado con el cambio experimentado por el interior de la cabaña. Para no tener intenciones de permanecer allí mucho tiempo, no había duda de que Lauren había invertido un montón de trabajo en ella.

El mobiliario de mimbre blanco resultaba muy acogedor y el suelo estaba cubierto de coloridas alfombras. Unas cortinas a juego adornaban las ventanas y un florero con un ramo de girasoles parecía iluminar con sus tonos las oscuras paredes de madera.

–Al abuelo le habría encantado verlo –dijo Travis.

Lauren sonrió al escuchar el cumplido como si le hubieran dado un premio, y Travis sintió que se le encogía el corazón. Estaba tan bonita y parecía tan satisfecha con su comentario que tuvo que meter las manos en los bolsillos para mantenerlas quietas.

–Vamos –dijo Lauren a la vez que lo tomaba de la mano–. Deja que te enseñe el resto.

Una oleada de calor recorrió el brazo de Travis hasta alcanzar su entrepierna. Un hombre más sabio habría buscado de inmediato alguna excusa para marcharse... como por ejemplo la repentina necesidad de tomar una ducha de agua helada.

Y Lauren pareció ofrecerle la oportunidad de hacerlo al abrir la puerta del baño, que también había mejorado ostensiblemente bajo sus cuidados.

–Muy bonito –dijo Travis con voz estrangulada, mientras trataba de apartar de su imaginación las cosas que le habría gustado hacerle en aquella bañera.

–Vamos –Lauren tiró de nuevo de su mano.

Ya que la cabaña consistía en tres habitaciones y el porche, Travis dedujo que sólo le quedaba por inspeccionar el dormitorio. Tragó con esfuerzo. Si había sido difícil no imaginar a Lauren desnuda en el baño, resultó imposible no imaginarla tumbada en toda su gloria sobre la suave colcha rosa de la cama. Normalmente, Travis se habría sentido fuera de lugar en una habitación tan femenina, pero, por algún motivo, el dormitorio de Lauren resultaba tan acogedor como el resto de la casa.

Si no más.

Lauren le dedicó una tímida sonrisa.

–Jamás pensé que llegaría el día en que recibiría a Travis Banks en mi dormitorio.

–¿Por qué no?

–¿Por qué no? –repitió Lauren en un tono

que enfatizó su incredulidad–. ¿Necesito recordarte que cuando estábamos en el instituto no te habrías molestado en dar ni la hora a una novata tan poquita cosa como yo?

Travis frunció el ceño.

–No recuerdo que me preguntaras alguna vez la hora.

–Nunca tuve el valor de hacerlo.

Travis suspiró. Si había herido los sentimientos de Lauren en el pasado, no había sido intencionadamente, desde luego.

–Lo cierto es que apenas recuerdo mi último año en el instituto, excepto lo mucho que me costó encajar mi agenda atlética con mis estudios y lo preocupado que estaba por mi abuelo, que se moría de cáncer. Pero ahora que lo mencionas, sí recuerdo vagamente que prácticamente te derretiste en el sitio las pocas veces que traté de mirarte a los ojos.

Lauren se ruborizó de arriba abajo. Le había sorprendido que Travis la recordara, pero le había sorprendido aún más averiguar que su héroe tenía los pies firmemente asentados en la tierra por aquel tiempo. Entonces nunca se le ocurrió que Travis pudiera estar pensando en algo más importante que el fútbol y la atención que le prestaban sus admiradoras. Por el modo en que se suavizaba el tono de su voz cada vez que mencionaba a su abuelo era obvio que habían mantenido una relación muy cercana. No muy diferente a la que mantuvo ella con el padre que perdió más o menos por aquella misma época.

–Me temo que aún ejerces el mismo efecto sobre mí –confesó.

–Y tú ejerces un efecto diferente en mí ahora.

La voz de Travis surgió ronca y cargada de implicaciones. Aquello bastó para desestabilizar por completo el ya precario sentido del equilibrio de Lauren. De adolescente, jamás habría podido inventar una escena más deliciosa que la que estaba teniendo lugar en aquellos momentos en su dormitorio. Y sería una pena dar por concluida aquella noche sin repasar sus viejas fantasías y sin satisfacer finalmente su curiosidad. Era posible que Travis no quisiera saber nada de casarse, pero eso no quería decir que no se sintiera atraído por ella. O ella por él.

Y el tiempo no había hecho nada por disminuir sus sentimientos hacia él desde que era una adolescente. En todo caso, los había intensificado.

El hecho de que la estuviera mirando como si quisiera devorarla allí mismo la envalentonó.

–¿Qué te parece si me arropas en la cama esta noche? –preguntó por encima del tumulto de los latidos de su corazón.

–No creo que eso sea muy buena idea –dijo él, con una voz tan ronca que casi resultó irreconocible.

Lauren ignoró el consejo, se quitó los tacones de dos patadas y se tumbó sobre la cama con la esperanza de que su pose resultara seductora.

–Yo creo que es una gran idea.

–Has bebido más de la cuenta, Lauren. Un

caballero no se aprovecha de una dama en esas circunstancias.

Lauren recordó numerosas conversaciones y comentarios que implicaban que Travis no siempre había sido tan caballeroso con las damas. Se preguntó qué circunstancias le harían abandonar aquellos inesperados principios. Aquello supuso un reto para un sentido femenino del desafío que yacía profundamente enterrado en su interior. Una coqueta sonrisa afloró a sus labios.

–¿Y quién dice que quiero que te hagas el caballero esta noche? Corren rumores de que no siempre eres tan galante.

Los ojos grises de Travis se oscurecieron hasta adquirir el color de una próxima tormenta.

–En ese caso, dudo que hayas estado hablando con auténticas damas.

–Tal vez no –dijo Lauren a la vez que empezaba a desabrocharse el cinturón–. Y puede que los rumores que hayas escuchado sobre la clase de dama que soy también hayan sido exagerados.

La risa de Travis resonó en el dormitorio y Lauren no pudo evitar sentirse dolida. Era obvio que su representación de una mujer fatal estaba fallando estrepitosamente, de manera que se irguió para sentarse en el borde de la cama, dispuesta a hacer que Travis se enfrentara con los aburridos hechos reales de su vida.

–De acuerdo, puede que no sea precisamente

una soltera marchosa y lanzada, pero te aseguro que ser una dama tampoco es tan bueno como se dice. Tratar de comportarme bien todo el rato sólo me ha servido para acabar sola. ¿No quieres ser tú quien desenmascare a una chica terminalmente buena y la libere de una vez por todas?

La divertida expresión del atractivo rostro de Travis fue sustituida por otra de intenso deseo... aunque contenido.

–¿Estás segura de que eso es lo que quieres?

–Totalmente –contestó Lauren con el corazón desbocado.

Nunca había estado más segura de nada en su vida. Estaba cansada de vivir viendo pasar la vida desde la barrera, de refrenar continuamente sus deseos porque una molesta vocecita en su cabeza se empeñaba en no permitirle correr el riesgo. Sabía que de aquel acto de rebeldía no podía surgir nada permanente... pero saberlo no hacía que deseara menos a Travis.

–En ese caso, que sea como quieres. Pero no quiero que después esperes más de lo que puedo darte.

Aunque sus palabras no fueron precisamente románticas, el sonido de la cremallera de sus pantalones deslizándose hacia abajo fue lo más erótico que Lauren había escuchado en su vida. Contuvo el aliento. Nada habría logrado hacerle apartar la vista de Travis desnudándose para ella. Una mata de vello rubio cubría su poderoso pecho y descendía en disminución hasta perderse en la cintura de sus pantalones, que colgaban precariamente de sus caderas. Estaba a punto de quitarse las botas cuando de pronto se detuvo.

–Supongo que tomas la pastilla o utilizas algún medio para protegerte, ¿no?

Maldiciéndose a sí misma por su falta de previsión, Lauren centró la mirada en el pecho desnudo de Travis y negó con la cabeza. Cualquier fantasía que hubiera sustentado sobre la posibilidad de que hubiera sido Travis el que quiso tener hijos en su matrimonio se esfumó al instante.

Travis masculló una maldición.

Lauren supuso que tenía derecho a estar enfadado. Dado su empeño en mantener su estado de soltería, lo último que necesitaba era la complicación de un bebé en su vida. Igual que ella... al menos hasta que encontrara la clase de hombre que deseara tener hijos tanto como ella.

–¿No llevas algo contigo? –preguntó con suavidad.

–No sé lo que has oído sobre mí pero, para tu información, no soy una farmacia ambulante y no voy por ahí acostándome indiscriminadamente con cualquier mujer.

Lauren se alegró de saber que los rumores locales no eran ciertos. Pero aquello no resolvía la situación y no sabía si alguna vez volvería a reunir el coraje suficiente para arrojarse de nuevo con aquel descaro en brazos de Travis.

–Tal vez deberíamos olvidar todo el asunto –sugirió él en un tono que sonó muy poco caballeroso mientras se pasaba una mano por el pelo en un gesto de pura frustración.

–Tal vez yo no quiera olvidarlo.

La petulancia de su tono sorprendió a la propia Lauren. No había esperado tanto tiempo para dejar pasar aquella oportunidad tan fácilmente. De pronto le dio igual parecer lanzada, o incluso desesperada.

La última vez que tuvo relaciones sexuales carecía de experiencia y estaba demasiado nerviosa como para disfrutar. Pero aquella noche todo iba a ser distinto. Aquella noche iba a colmar los sueños de una chica que nunca se había permitido más que soñar con Travis Banks entre las sábanas de su solitaria cama.

–¿No tienes algo en casa? –preguntó–. Para las emergencias.

La dura y penetrante mirada que le dedicó Travis hizo que se sintiera ingrávida.

–No estamos en mi casa. Si de verdad quieres seguir adelante con esto, supongo que podría ir a comprobarlo, pero tienes que prometerme que no te quedarás dormida entretanto.

–Lo prometo... si a cambio tú prometes no perderte en el camino.

La voz de Travis se transformó en algo parecido a un gruñido.

–Ni se te ocurra quedarte dormida. Enseguida estoy de vuelta.

A continuación salió, dejando a Lauren sintiéndose tan poderosa como una maga... y tan impotente como un conejillo recién sacado de una chistera.

Travis no se había molestado en ponerse una camisa. Lauren esperaba que el aire fresco de la noche lo motivara para regresar cuanto antes.

Pero cuando oyó que la puerta se abría, todo su valor la abandonó al instante y su mente comenzó a hacer preguntas que la dejaron inmovilizada de terror.

«¿Y si no soy capaz de satisfacerlo?»

«¿Y si el sexo arruina nuestra relación y acabó perdiendo el único alquiler asequible del condado?»

«¿Y qué se pone una para una seducción con todas las de la ley?»

Desde que había entregado a la caridad su antigua ropa no había vuelto a comprarse camisones y llevaba varios días durmiendo desnuda. A pesar de que sintió la tentación de ponerse una camiseta, cubrirse hasta la barbilla con las mantas y volverse invisible antes de que Travis apareciera, no tenía intención de dejarle ver lo nerviosa que estaba.

Aquel no era momento para mostrarse cauta. Era el momento de hacer que sus sueños se hicieran realidad... al menos por una noche.

Capítulo Seis

Travis maldijo su debilidad como hombre mientras avanzaba hacia su casa. Le preocupaba que Lauren lo considerara una especie de playboy... sobre todo porque nada podía estar más alejado de la verdad.

Desde luego, él sería el primero en admitir que no era precisamente un santo, pero eso no significaba que estuviera dispuesto a acostarse con cualquier mujer que lo animara a meterse en su cama. De hecho, esperaba que los preservativos que guardaba en el fondo de un cajón no estuvieran caducados.

Con la notable excepción de Lauren, todas las mujeres con las que había estado desde su divorcio habían asegurado que utilizaban algún método de protección. Le habían dicho que sólo buscaban pasar un buen rato.

Si alguna de ellas cambiaba de opinión después de conocerlo, él se encargaba de recordarle que no estaba interesado en mantener una relación a largo plazo.

No era culpa suya que aquello le hubiera hecho ganarse fama de hombre frío y calculador.

Había aprendido por el camino duro que era

mejor equivocarse siendo sincero que casarse con una mujer sólo porque tal vez la haría feliz.

El sombrío recuerdo de su matrimonio no bastó para apaciguar su deseo, un testimonio del poder que Lauren ejercía sobre él. La conciencia lo instó a detener aquello antes de que alguno de los dos acabara sufriendo. Pero el hecho de que Lauren estuviera dispuesta a hacer el amor con él no significaba que esperara recibir una anillo de compromiso por la mañana. Desde luego, no había dado ningún indicio de que fuera así.

Al menos aquello fue lo que se dijo Travis una y otra vez mientras avanzaba hacia la cabaña bajo la luz de la luna sosteniendo en una mano una caja de preservativos como si se tratara del Santo Grial.

Cuando lo vio entrar, Lauren comprobó con alivio que el brillo del deseo en los ojos de Travis seguía siendo tan intenso como antes de irse.

–Si has cambiado de opinión –dijo él a la vez que le mostraba la cajita–, éste sería el momento más adecuado para decírmelo.

Lauren no tenía idea de cuántos preservativos habría en el paquete. Simuló una pícara sonrisa y palmeó la almohada a su lado.

–Sólo espero que hayas traído suficientes.

Travis rió.

–¿Y cuántos crees que voy a necesitar para satisfacerte?

Lauren no tenía ni idea. Se había quitado los zapatos las medias y el cinturón mientras Travis estaba fuera y había dejado el resto para las capaces manos de éste. Él pareció comprenderlo rápidamente, pues no tardó ni un segundo en rodearla para bajarle la cremallera del vestido.

Lauren se estremeció, pero no precisamente de frío.

Cuando Travis hizo deslizar la tela por sus hombros, Lauren tuvo que contenerse para no tomarlo mientras caía a sus pies. Permaneció de pie ante él tan sólo con un sostén de encaje y unas diminutas braguitas a juego.

De pronto se sintió como un fraude. No se sentía tan cómoda consigo misma como pretendía, y temía que Travis encontrara numerosos defectos en su cuerpo. No era tan delgada como las modelos que solían llevar aquella clase de ropa interior en las revistas. Y era bastante mayor que ellas.

Pero a Travis no pareció importarle. Deslizó la mirada de arriba abajo por su cuerpo con expresión hambrienta y la detuvo en sus pechos, apenas cubiertos por un sujetador ridículamente pequeño que Lauren había comprado en anticipación de aquel momento.

Lauren sintió la calidez de sus manos cuando tomó en ellas sus pechos antes de inclinarse para besarla entre ellos. Una oleada de intenso calor recorrió su cuerpo. Las rodillas se le volvieron de goma. Se tambaleó y echó atrás la cabeza a la vez que clavaba las uñas en los hombros de Travis.

Él no protestó. Se irguió y la rodeó con sus brazos. Lauren no se dio cuenta de que le había soltado el sujetador hasta que éste se deslizó hasta sus muñecas. Travis se inclinó de nuevo para tomar uno de los excitados pezones de Lauren en su boca mientras ella trataba de librarse del sujetador.

Una especie de maullido desesperado surgió de algún lugar muy profundo en el interior de Lauren, pero fue incapaz de contenerlo.

Cuando Travis se apartó de su pecho, ella le ofreció de inmediato el pezón del otro, igualmente excitado de deseo.

–Buena chica –murmuró Travis seductoramente.

Lo siguiente que supo Lauren fue que estaba tumbada en la cama y que Travis le estaba quitando las braguitas. Con los dientes. Lauren, que nunca se había considerado una gritona, se alegró de pronto de estar a varios kilómetros de la casa más cercana. Fue imposible contener los sonidos que se estaban acumulando en su interior mientras los dientes y la lengua de Travis le rozaban la carne a lo largo de sus piernas.

Acunada por las sensaciones más exquisitas que había experimentado en su vida, Lauren observó a Travis con una concentración total mientras éste se erguía y procedía a desnudarse para ella. Agradeció que no tardara mucho, pues de lo contrario habría acabado por rogarle que se diera prisa. Su torso ya desnudo parecía una escultura perfecta bañada por la luz de la luna.

Cuando se quitó los pantalones y las botas, la evidencia de su excitación se hizo palpable contra los calzones cortos negros que vestía. Cuando, un instante después, se los quitó, Lauren lo miró de arriba abajo sin aliento.

–Eres tan bonita...

Que aquellas palabras hubieran surgido de los labios de Travis y no de los suyos fue algo que sorprendió a Lauren. Dejó que el cumplido se asentara en su corazón. Daba igual que se sintiera en desventaja física al compararse con otras mujeres. Porque se sentía bonita. Deseable. Dejó a un lado deliberadamente la parte de su cerebro que la impulsaba a analizarlo todo, se liberó de todo pensamiento y se entregó de lleno al puro arrebato del momento. Tras las decepciones del pasado, Lauren se deleitó en el erotismo de estar con un hombre que realmente sabía cómo satisfacer a una mujer.

Travis apoyó su cuerpo cuidadosamente contra el de ella, haciéndole saber que estaba a punto de invadir su cuerpo. Por un momento, Lauren temió no ser capaz de acoger y acomodarse a su considerable tamaño.

Pero en el instante en que los labios de Travis tocaron los suyos toda ansiedad desapareció y fue sustituida por una sensación deliciosa. Cuando había soñado que tenía sexo con Travis nunca había incluido la ternura de sus besos.

Con un gemido, Lauren entreabrió los labios para él y Travis introdujo la lengua en su boca. Ella lo rodeó con las piernas por las caderas y hundió las manos en su pelo. Nunca se había sentido tan completamente conectada con otro ser humano.

Sintiéndose repentinamente audaz, bajó una mano y tomó en ella el sexo de Travis.

–Aprieta –murmuró él roncamente.

Buena chica que era, Lauren hizo lo que le había pedido. Estaba duro y caliente. Y vulnerable. Le produjo una increíble sensación de poder sostenerlo en la palma de la mano... y le hizo sentir un inmenso amor por él.

¿Amor?

La palabra se materializó en su conciencia como un relámpago y Lauren supo de inmediato que aquello podía arrasarlo todo en su camino.

Incluyéndola a ella.

Se dijo que era tonta por enamorarse perdidamente de un hombre tan entregado a su vida de soltero.

Entonces se oyó a sí misma gritando y todo pensamiento racional se disolvió en la nada. No fue un grito de miedo o dolor, sino una reacción primaria a la presión del sexo de Travis contra su clítoris. Arqueó la espalda y clavó las uñas en su espalda a la vez que sentía que liberaba al animal que llevaba dentro.

–No quiero hacerte daño –murmuró él.

–No me lo harás.

Buscando la exquisita perfección de su amor por aquel hombre, Lauren supo que su alma quedaría destrozada si no completaba lo que había comenzado.

Travis la penetró con una urgencia de la que pareció sorprenderse incluso él mismo. Nada había preparado a Lauren para la dicha de ser colmada por aquel hombre, de rodearlo con la palpitante y predispuesta carne de su sexo, de dejarse llevar...

Alcanzó el clímax rápidamente y, olvidando su propio nombre, repitió él de él una y otra vez como si fueran unas palabras mágicas. Las sensaciones que la asaltaron por todos los costados fueron sublimes. Su cuerpo se contrajo en ardientes espasmos, exigiendo que Travis sucumbiera a su propia necesidad. Los músculos del cuello de éste se tensaron cuando cerró los ojos con fuerza y echó la cabeza atrás antes de alcanzar el orgasmo.

Lauren lo retuvo profundamente enterrado en su interior hasta que las palpitaciones de su sexo cesaron. Jadeando y cubierto de sudor, Travis abrió los ojos y la miró, maravillado. Ella sonrió casi con timidez y volvió a caer a tierra entre sus brazos. Aunque no quería dejar escapar lo que estaba sintiendo por aquel hombre, también temía aferrarse a ello con demasiada fuerza.

Apartó un mechón de la frente de Travis y trazó delicadamente con un dedo su perfil.

–Ha sido muy agradable –murmuró.

Travis se puso pálido al escuchar el adjetivo elegido por Lauren.

–¿Agradable? –repitió.

–Fabuloso –corrigió Lauren.

De hecho, nunca había creído que unas criaturas terrenales como ellos pudieran experimentar tal éxtasis en su vida. Aunque las palabras no podían hacerle justicia, Lauren se esforzó todo lo posible.

–Espectacular. Fantástico. Increíble. Indescriptible.

–Eso está mejor –dijo Travis a la vez que envolvía con su cuerpo el de Lauren como para hacerle saber que no tenía ninguna intención de irse.

Ella no quería estar en otro sitio. Apoyó una oreja contra su pecho y escuchó los latidos de su corazón. Perdidamente enamorada, escuchó en ellos el eco de su propio espíritu. Y aunque sabía que no podía manifestar algo así tan pronto, se negó a pensar en las consecuencias de entregar su corazón a un hombre que no estaba dispuesto a aceptarlo.

Por una vez en su vida iba a permitirse no pensar en el futuro y sus complicaciones. No cuando el presente era tan perfecto.

Y, desgraciadamente, tan fugaz.

Capítulo Siete

Lauren despertó a la mañana siguiente pensando que el paraíso tendría dificultades para competir con la delicia de despertar entre los fuertes brazos de Travis, de sentir la calidez de su cuerpo presionado contra el de ella y saborear la dulzura de haber sido amada tan meticulosa y profundamente.

Contempló su perfil mientras dormía. El tiempo había endurecido los rasgos juveniles que tanto solían gustarle y lo había transformado en un hombre de facciones un poco más duras de lo que habría resultado aceptable en la portada de una revista de moda. La semibarba que cubría su mandíbula añadía cierta aspereza a la pacifica expresión que tenía mientras dormía.

¡Qué no habría dado ella por empezar cada día apreciando los atributos de aquel hombre! Tanto los interiores como los exteriores. Travis tenía sus defectos, por supuesto, pero ¿quién no los tenía? Marcado por su pasado, era evidente que le asustaba bajar la guardia. Pero Lauren sabía que era un buen hombre. El hecho de que estuviera dispuesto a acudir en ayuda de una dama en apuros, quisiera ésta o no contar con dicha ayuda, era un claro testimonio de su sentido de la integridad personal.

Lauren entendía que Travis no sintiera por ella lo mismo que ella por él, pero tampoco creía que una pasión como la que habían compartido aquella noche pudiera haber surgido sin una intensa emoción que la respaldara. Viendo cómo subía y bajaba su pecho en un pausado pero incesante ritmo, no pudo evitar preguntarse lo que sería tener sus hijos. ¿Serían tan guapos como su padre? ¿Tan curiosos y preguntones como su madre?

Sus ojos se humedecieron ante la dulzura de aquellos pensamientos.

«¡Basta!», se dijo con firmeza.

Aquellos sueños sólo podían llevar a arruinar la perfección del momento. Se negaba a permitir que las preocupaciones sobre el futuro apagaran la alegría del presente. En aquellos momentos, el hombre de sus sueños le pertenecía.

Al menos hasta que despertara.

Impulsivamente, apoyó una mano sobre el corazón de Travis, la colocó como si estuviera protegiendo con ella una llama del viento e hizo un silencioso ruego.

–Buenos días, preciosa.

El sonido de la voz de Travis sorprendió a Lauren, que retiró la mano de inmediato como si la hubiera atrapado robando. Saboreó el cumplido que acababa de hacerle. A pesar de todo, dado que aún no se había peinado, maquillado y limpiado los dientes, era difícil creer que fuera cierto.

–Buenos días –repitió, y se alegró al comprobar que Travis no dio indicios de querer salir corriendo una vez que se hizo totalmente consciente de dónde estaba. En lugar de ello, la atrajo hacia sí y le pidió un beso.

Lauren cerró la boca con firmeza.

–Lo siento... mal aliento matutino.

Un destello de irritación cruzó el rostro de Travis.

–Bésame –exigió él por encima de un revelador gruñido de su estómago vacío

Lauren sucumbió de inmediato y se entregó al hombre que, por lo que pudo comprobar tras una rápida exploración, tenía algo en mente muy distinto al desayuno.

Relativamente inexperta en aquellos asuntos, Lauren se sintió agradablemente sorprendida al ver que Travis había despertado ya excitado. Un firme apretón fue toda la invitación que necesitó éste para iniciar el día con buen pie. Tiró de ella para que se colocara sobre él, dándole permiso para olvidarlo todo sobre su aliento.

Lauren rió mientras se inclinaba para tomar el único preservativo que les quedaba.

–Tendrás que reponer el suministro –dijo mientras se disponía a abrirlo–. Y yo tendré que aprender a ponerlos.

Travis sonrió cuando Lauren se llevó la funda a los dientes para abrirla. Se colocó de manera que la tarea le resultara lo más cómoda posible, cruzó los brazos tras la cabeza y, con un suspiro de satisfacción, se ofreció a ayudar en lo que hiciera falta.

–Prefiero hacerlo yo –dijo Lauren con firmeza.

Pero colocar aquel trocito de plástico sobre tan impresionante erección resultó mucho más difícil de lo que le había parecido cuando lo había hecho Travis. Cuando el preservativo salió disparado de sus manos como una goma elástica, Lauren dejó escapar unas tontas risitas que habrían hecho marchitar a un hombre menos seguro de sí mismo que Travis. La paciencia de éste sólo rivalizaba con la tenacidad de su libido.

Puso los ojos en blanco con expresión de buen humor y tomó el preservativo de donde había caído, en la almohada.

Y Lauren comprobó enseguida que parecía dispuesto a enseñarle un par de cosas más aquella mañana. La acarició, masajeó, besó, lamió y chupeteó adecuadamente en todos los lugares correctos... y en todos los demás. Y se aseguró de que experimentara varios orgasmos antes de permitirse a sí mismo aquella satisfacción.

La intensidad de su expresión mientras alcanzaba el clímax fue tan conmovedora que Lauren supo que jamás la olvidaría. Aunque anhelaba toda una vida de momentos sublimes como aquel, temía que tendría que conformarse con conservar aquella imagen en su mente para siempre. De hecho, Travis le había hecho advertencias en lugar de promesas respecto al futuro.

Más tarde, cuando Travis le propuso que se ducharan juntos, Lauren, que nunca había compartido una ducha con un hombre, superó rápidamente su timidez inicial. Después de lo que acababan de compartir parecía absurdo negarse.

Una vez bajo el agua, Travis la enjabonó de arriba abajo y luego pasó la esponja con delicadeza por cada una de sus curvas. Lauren ronroneó de placer cuando le lavó el pelo y masajeó su cuero cabelludo. Lo siguiente que supo fue que Travis la apoyó contra la pared y comenzó a besarla por todo el cuerpo.

Al descubrir que volvía a estar duro como una roca se disculpó por tener la vagina demasiado dolida como para permitir que la penetrara por séptima vez.

–No hay problema –dijo Travis a la vez que se arrodillaba ante ella y le hacía separar las piernas.

La intensidad del placer que le produjo su lengua deslizándose entre los sensibles labios de su sexo le impidió protestar. Cuando creía que no iba a poder soportar un segundo más de aquella exquisita tortura su cuerpo estalló en una sucesión de contracciones espasmódicas que la dejaron demasiado débil como para mantenerse erguida. El sonido del agua cayendo no bastó para apagar los gemidos que resonaron en la ducha. Travis pareció especialmente satisfecho por tener que sujetarla para evitar que se desmoronara a sus pies.

Una vez que sus huesos recuperaron su dureza normal, Lauren se dedicó a preparar un suculento desayuno para el hombre que la había satisfecho tan concienzudamente. Buena cocinera, le gustaba tener la despensa bien surtida. El olor a beicon y tortitas recién hechas invadió la cocina mientras Travis permanecía sentado bebiendo su café, tan relajado como si estuviera acostumbrado a que aquello sucediera a diario. Lauren sentía una satisfacción que no recordaba haber experimentado nunca en su vida.

–Estaba buenísimo –dijo Travis sin ocultar su entusiasmo cuando terminó de comer un plato en el que habría sido imposible añadir un trozo más de beicon o una sola tortita.

Hubo un matiz de sorpresa en sus palabras, como si estuviera sentando un nuevo precedente al quedarse a desayunar tras una noche de sexo increíble. Con la esperanza de que se quedara un rato más, Lauren le rellenó la taza de café.

Su pequeña cocina parecía aún más acogedora con él en ella. Ninguna de las fantasías que había tenido con Travis a lo largo de los años había incluido nunca una escena como la que estaba teniendo lugar.

–Supongo que no podrás tomarte el día libre para pasarlo conmigo –dijo, esperanzada.

Al ver que Travis se quedaba repentinamente

paralizado, Lauren se hizo dolorosamente consciente de su error. No debería haber propuesto nada que sugiriera una relación continuada... y, desde luego, nada que pudiera dar indicios de su romance en público.

Travis tragó con esfuerzo, como si el último trozo de comida se le hubiera atragantado.

–Hoy tengo mucho que hacer –dijo finalmente.

Lauren encogió los hombros con una indiferencia que estaba muy lejos de sentir. Alzó una mano cuando el empezó a enumerar todas las actividades que lo aguardaban.

–No tienes por qué darme explicaciones.

Era cierto. Lauren sabía dónde se había metido... pero eso no bastó para impedir que deseara arrojar el resto de las tortitas sobre la cabeza de Travis.

Repentinamente incómodo, Travis dejó su tenedor en el plato y se dispuso a levantarse.

–Deja que me ocupe de recoger la mesa antes de irme –ofreció.

–No, gracias.

Lauren empezó a recoger la vajilla. No estaba dispuesta a permitir que Travis viera cuánto le había dolido su reacción. A fin de cuentas, tampoco le había sugerido algo tan terrible.

–Cuando no esté tan ocupado me tomaré el día libre y podremos salir a divertirnos –ofreció él.

Si su oferta hubiera sido más espontánea, tal vez le habría dedicado una sonrisa menos tensa.

–Tal vez.

Travis la miró un momento con expresión pensativa.

–¿Que sucede?

–Nada.

Lauren sintió una perversa satisfacción al ver que Travis parecía cada vez más inquieto con sus escuetas respuestas.

–En ningún momento te he hecho promesas –dijo, exasperado–. Si recuerdas bien, mencioné que esto podía ser mala idea. Que hayamos pasado la noche juntos no significa que vayamos a mantener una relación a largo plazo.

Lauren replicó en un tono muy calmado, que sólo quienes la conocían bien habrían sabido interpretar como un indicio de creciente furia.

–Desde luego que no –replicó–. Y ya que estás siendo tan brutalmente sincero, a mí también me gustaría aclarar las cosas. Lo sucedido anoche fue maravilloso. Atesoraré el recuerdo durante el resto de mi vida. Pero no quisiera que esperaras una especie de agradecimiento formal por mi parte. El hecho de que te hayas acostado conmigo tampoco supone una invitación abierta para que pases aquí la noche cada vez que te apetezca. Has dejado bien claro que no estás interesado en una relación seria. Yo he dejado bien claro que sí lo estoy. No tienes por qué preocuparte por mis sentimientos. Ya soy mayorcita y sabía dónde me estaba metiendo. Una noche no supone ningún compromiso para el resto de la vida, así que, ¿por qué no nos separamos como amigos y lo dejamos en eso?

Travis no se habría quedado más sorprendido si Lauren le hubiera ofrecido su mano para estrecharla. No recordaba haber sido despedido nunca tan educadamente. Unos momentos antes estaba deseando marcharse, pero de pronto se sentía totalmente reacio a salir.

–Así que amigos –murmuró a la vez que asentía.

Cuando Lauren se volvió tras dedicarle una tensa sonrisa, entró en el dormitorio para terminar de vestirse antes de marcharse.

Mientras se encaminaba hacia su casa se preguntó por qué se sentía tan infeliz si había conseguido exactamente lo que quería. El sexo sin compromiso que habían compartido aquella noche había sido fantástico, pero él no estaba buscando una relación a largo plazo. No quería casarse. Le gustaba la libertad de que disfrutaba viviendo solo.

Pero no quería que Lauren viera a ningún otro hombre...

La idea de que pudiera regresar al Alibi sin él empezó a inquietarlo.

Un rato después se sentía totalmente desasosegado. Sólo conocía un método seguro para quitarse a Lauren de la cabeza que no incluía una botella de whisky. La experiencia le había enseñado que el trabajo físico era una asombrosa panacea.

«Apártala de tu mente», se repitió una y otra

vez mientras se dedicaba a cargar fardos de paja en la parte trasera del todoterreno. Pero las sugerentes imágenes de la noche pasada no dejaban de asaltarlo a pesar de que pasó todo el día trabajando duro.

Por la noche. mientras trataba de centrarse en un programa de la televisión, no dejaba de mirar por la ventana en dirección a la casa de Lauren. En un determinado momento vio su silueta reflejada contra las cortinas mientras se disponía a meterse en la cama.

La boca se le secó completamente. A pesar de no ser un mirón por naturaleza, fue incapaz de apartar la mirada. Tras quitarse la camiseta, Lauren se llevó las manos a la parte trasera del cuello y se estiró como lo habría hecho un gato antes de arrellanarse cómodamente en su almohadón.

Cuando se puso de perfil para quitarse el sujetador y sus deliciosos pechos quedaron expuestos, Travis sintió que toda la sangre de su cuerpo se acumulaba en un instante entre sus piernas. Un angustiado gemido escapó de su garganta.

Ajena a lo que estaba sucediendo, Lauren apagó la luz para meterse en la cama.

Travis masculló una maldición y se reprendió por ser tan débil. Decidido a no permitir que su testosterona pensara por él, se enfrentó a su cama vacía con expresión decidida.

Y pasó la noche luchando con los demonios que él mismo había creado.

Capítulo Ocho

–¿Algún problema en que un amigo te eche una mano?

La familiar voz que sonó tras Lauren estuvo a punto de hacerla caerse del taburete en que estaba subida. Las palabras elegidas por Travis eran una clara referencia a cómo habían quedado las cosas entre ellos el día anterior. Se esforzó en mantener el equilibrio mientras dudaba entre mandarlo al diablo o agradecerle su inesperada oferta de ayuda.

–Te lo agradezco –admitió finalmente, a la vez que dejaba caer al suelo el destornillador que sostenía en la boca.

Lauren no sabía que Travis había pasado quince minutos contemplando sus esfuerzos por colgar el balancín de madera antes de acercarse a verla. Consciente de lo patosa y desaliñada que debía parecer, lamentó no haberse puesto algo más sexy que la camiseta y los vaqueros cortos que llevaba.

–Deja que te ayude a bajar –ofreció Travis a la vez que la tomaba por la cintura para ayudarla a mantener el equilibrio.

Pero su maniobra tuvo precisamente el efecto

contrario, y cuando Lauren apoyó las manos en los hombros de Travis tuvo que reprenderse por la debilidad que le entró en las piernas.

Teniendo en cuenta cómo habían pasado la noche, Travis parecía especialmente descansado. La llevó en brazos hasta la barandilla del porche y la dejó lentamente en el suelo. Tan lentamente que Lauren no pudo evitar sentir sus poderosos muslos mientras se deslizaba hacia el suelo. Tuvo que resistir el impulso de frotarse contra él como le pedía el instinto.

–Tienes buen aspecto –dijo Travis a la vez que volvía a alzarla un poco para dejarla sentada en la barandilla.

Lauren sintió que se le ponía la carne de gallina. Estaba tan absorta en su reacción ante la proximidad de Travis que tardó unos momentos en darse cuenta de que estaba sentada en la barandilla y que no necesitaba apoyarse en él. Y le avergonzó comprobar que tenía las piernas totalmente separadas para acomodarlo entre ellas.

¿Acaso sólo estaba dispuesto a conformarse con una humillación completa por su parte?

Respirando agitadamente, apoyó las manos contra sus poderosos pectorales... y lo empujó con fuerza. Travis dio un paso atrás, sorprendido, lo que dio a Lauren la oportunidad de cerrar las piernas. Después adoptó una actitud distante que estaba muy lejos de sentir y trató de adoptar una pose intermedia entre Mae West y un colega.

–Gracias –dijo.

Pero cuando saltó de la barandilla se encontró atrapada entre el cuerpo de Travis y ésta. Él apoyó una mano en un poste mientras deslizaba la otra tras la espalda de Lauren. Aspiró su aroma y suspiró exageradamente.

–Y también hueles muy bien.

Oleadas de calor sustituyeron a los escalofríos que habían asediado a Lauren unos momentos antes.

Una punzada de resentimiento le hizo utilizar la misma excusa que había utilizado Travis para evitar pasar más tiempo con ella.

–Te invitaría a comer cuando termines de instalar el balancín, pero estoy segura de que tienes un montón de trabajo aguardándote, y no querría interponerme en tu camino.

–Resulta que hoy tengo un poco de tiempo libre. Y estoy hambriento –aseguró Travis con una sonrisa que recordó a Lauren a la del lobo malo de los cuentos.

El brillo de sus ojos dejó bien claro qué le habría apetecido comer.

–Lo siento. Desafortunadamente, hoy tengo planes para más tarde.

Algo más intenso que la mera curiosidad matizó la expresión de Travis.

–¿Qué planes?

Lauren estuvo a punto de decirle que tenía una cita para comprobar su reacción. Pero dado que no le gustaban aquel tipo de manipulaciones, decidió mantener un tono amistoso. Suponía que lo último que le habría apetecido a Travis habría sido acompañarla a una reunión familiar... en la que sus parientes sacarían de inmediato conclusiones de todas clases sobre ellos dos si se presentaban juntos. Y empezarían a hacer preguntas que prefería evitar.

–Unos planes que no te incluyen a ti, aunque no me importaría prepararte un sándwich antes de irme por las molestias que te vas a tomar.

Travis la rodeó con ambas manos por la cintura y se inclinó hacia ella.

–No recuerdo haber mencionado la comida cuando he dicho que estaba hambriento –murmuró un instante antes de besar a Lauren en el cuello.

Lauren sintió un delicioso escalofrío y su resolución comenzó a quebrantarse a marchas forzadas. Con deliberada pericia, Travis siguió besándola hasta tomar con delicadeza entre sus dientes el lóbulo de una de sus orejas.

Lauren se odió por el gemido que escapó de su garganta. Necesitó utilizar toda su fuerza de voluntad para apartar el rostro cuando Travis acercó su boca a la de ella.

–¡Déjalo ya!

Sintió la tentación de abofetear el asombrado rostro de Travis. El hecho de que su cuerpo estuviera deseando repetir la espectacular actuación de la noche que habían compartido estaba en completa contradicción con lo que le estaba diciendo su mente.

Lo que estaba sintiendo era una obsesión.

Lo que aparentemente sentía Travis era mera lujuria.

Y ninguna de aquellas cosas podía ser una buena base para una relación duradera, algo que Lauren había buscado en vano desde la muerte de su padre.

En lugar de rodear a Travis, permaneció firme en su terreno mientras una serie de variadas emociones cruzaban el rostro de éste: deseo, frustración, pesar...

–No tengo intención de convertirme en tu aperitivo –dijo finalmente Lauren.

Travis estuvo a punto de decirle que colgara ella sola su maldito balancín si era aquello lo que sentía. Pero no pudo.

Y no quiso hacerlo.

No quería pasar de nuevo por la agonía de verle estirar aquellas largas piernas bajo sus pantalones cortos y exponer todas aquellas sensuales curvas ante su vista. Si no hubiera sabido ya que Lauren era una mujer que carecía de astucia y capacidad de engaño, tal vez habría llegado a la conclusión de que pretendía atormentarlo deliberadamente. Pero ni siquiera estaba seguro de que fuera consciente del efecto que ejercía sobre los hombres en general.

Pero él sí lo sabía. Conocía personalmente a unos cuantos tipos que habrían estado encantados de ofrecerle su ayuda para lograr entablar una relación con ella. Que él no fuera uno de ellos no era motivo para que no se comportara como un caballero. Y no creía que fuera a impresionarla positivamente si le montaba un numerito sólo porque tenía otros planes.

Dio un paso atrás a la vez que apartaba las manos de ella.

–No pretendía ofenderte.

Dadas las circunstancias, suponía que el hecho de que Lauren no quisiera tener nada más que ver con él desde un punto de vista romántico debía suponer todo un crédito para su carácter. Él no habría esperado menos de su hermana si algún hombre le hubiera hecho una oferta similar.

–No me has ofendido. Es sólo que...

Travis alzó una mano para interrumpir a Lauren.

–Dame cinco minutos para ir a por la herramienta y enseguida tendrás colgado el balancín.

Travis no logró distinguir lo que murmuró Lauren mientras él se alejaba, pero cuando regresó con el taladro y los demás utensilios estaba dentro de la cabaña.

Cuando reapareció en el porche con un plato de comida, comprobó que se había puesto un precioso y sexy vestido negro. Aunque no era especialmente descocado, la tela se ceñía sugerentemente a su cuerpo.

Travis se puso inmediatamente tenso ante la perspectiva de que otros hombres fueran a dedicarse a mirarla sin que contara con su protección.

–¿No te conviene llevar una cazadora? –preguntó.

Lauren alzó la mirada hacia el cielo y vio que estaba completamente despejado.

–No creo que me haga falta.

–Si estás pensando en volver al Alibi, más te vale llevar una.

–No voy al Alibi... al menos esta tarde.

Lauren ofreció el plato a Travis sin molestarse en darle más pistas sobre su destino. Al ver que éste ya había terminado de instalar el balancín del porche le dedicó una sonrisa que hizo que Travis se sintiera dispuesto a repararle toda la casa.

–No sabes cuánto aprecio tu ayuda.

Travis sintió que se derretía como el queso del sándwich caliente que había en el plato.

–¿No quieres probarlo? –preguntó a la vez que señalaba el balancín.

Lauren se sentó con cautela y dejó sitio para que Travis lo hiciera a su lado.

–Sólo si te sientas conmigo.

Travis se sentó, dejó el plato sobre sus rodillas y tomó un bocado de su sándwich. Lauren empujó contra el suelo con uno de sus pies y el balancín empezó a mecerse.

–¡Es maravilloso! –exclamó.

De algún modo, el suave balanceo alivió la tensión reinante como no habrían logrado hacerlo las palabras. El movimiento hizo recordar a Travis otras épocas más sencillas de su vida; la época en que aún iba al colegio y se sentía invencible. La época en que una cita era una cita, un beso era sólo un beso y la única pretensión de un joven era pasarlo bien sin pensar en el futuro.

La voz que interrumpió sus pensamientos fue tan suave como la brisa que llevó hasta él el delicado aroma de Lauren.

–Recuerdo que cuando era niña solía sentarme con mi padre en el porche en un balancín como éste. Las tardes de verano esperábamos a que llegara el coche de los helados hablando sobre lo que íbamos a hacer y sobre lo que yo querría ser de mayor. No importaba que cambiara de ocupación de semana en semana. Papá nunca menospreciaba mis sueños. Recuerdo que entonces me sentía a salvo, completamente segura... antes de que papá muriera y mi pequeño y feliz mundo se desmoronara en torno a mí.

–¿Y qué te hago sentir yo, Lauren? –preguntó Travis a la vez que la tomaba de la mano.

Se dijo que sólo quería compartir con ella el sentimiento de la pérdida del único varón estable que había habido en su vida, un hombre al que debió considerar su héroe desde que la tomó por primera vez en brazos cuando era un bebé.

Pero no hubo nada amistoso en la descarga eléctrica que pareció fluir entre ambos. Que Travis deseara a Lauren incluso más que antes de haberse acostado con ella era una prueba de la intensidad de sus sentimientos por ella.

A diferencia de lo que esperaba, mantener relaciones sexuales con ella no había bastado para liberarlo del persistente picor que lo asediaba. Por mucho que se esforzara no lograba alejar a aquella enigmática mujer de sus pensamientos y, cada vez que aparecía en ellos, su cuerpo lo traicionaba. Desde que la había besado por primera vez se encontraba en un estado de excitación permanente.

–Siempre me siento a salvo cuando estoy contigo –admitió Lauren con un suspiro–. Pero cuando una niña se transforma en una mujer, sentirse segura se convierte en algo a más largo plazo...

El anhelo y la sinceridad que había en su voz hicieron que Travis se sintiera muy pequeño.

–Lo que busco es toda una vida de poder tomar la mano de alguien en un balancín como éste. Y tengo la sensación de que tú no quieres ser esa persona.

Travis sintió que algo atenazaba su garganta. No sólo podía imaginarse a sí mismo en aquel porche con la mano de Lauren entre las suyas. También podía imaginar una versión más joven de ella acurrucada entre ellos, una pequeña que haría que se derritiera cada vez que lo mirara.

Siempre había querido mimar a una niña y, si algún día llegara a tenerla, estaba seguro de que sería incapaz de negarle nada de lo que le pidiera... sobre todo si tenía la mismos ojos verdes de su madre. El mismo tono de Lauren...

De pronto, la fantasía chocó frontalmente con la realidad. No debía pensar en tener hijos con Lauren cuando el recuerdo de lo que hizo su ex esposa cuando se quedó embarazada aún hacía que se le encogiera el corazón. El hijo que no llegó a tener fue quien sufrió las consecuencias de la guerra de sexos que hubo entre su ex mujer y él. Nada podría compensar aquella trágica pérdida en su vida. No merecía una segunda oportunidad.

Soltó la mano de Lauren y se despidió de sus sueños.

–Tienes razón –dijo en un tono repentinamente áspero y amargo–. No soy el hombre con el que te conviene sentarte en éste balancín durante el resto de tu vida.

Capítulo Nueve

Lauren se sintió dolida cuando Travis la miró como si no estuviera allí. No podía imaginar qué había dicho para que hubiera reaccionado con tal frialdad. Estaban compartiendo un momento íntimo y agradable y de pronto todo había cambiado.

Travis se había excusado y se había ido tan rápido como si estuviera huyendo de la escena de un crimen que acabara de cometer.

Lauren fue a mirarse en el espejo para comprobar que seguía allí. La mujer del reflejo parecía mucho más tranquila y segura de sí misma de lo que ella se sentía.

Estuvo a punto de vestirse de un modo más conservador, pero finalmente decidió que no merecía la pena. Ya estaba harta de vestirse para confundirse con el paisaje. Durante las dos semanas pasadas se había acostumbrado a que los hombres volvieran la cabeza para mirarla y le gustaba la sensación. Si Travis no era capaz de ver más allá de su vieja imagen, lo sentía por él.

Y si su familia tenía alguna objeción que poner a la imagen de la nueva y mejorada Lauren, tendrían que superarlo.

Su tía Hattie había organizado una fiesta en Angelo's, el mejor restaurante de la ciudad, para celebrar el regreso de los recién casados de su luna de miel, y Lauren había decidido utilizarla también como su fiesta de «presentación». Hacía tiempo que había cumplido los dieciséis, desde luego, pero prefería enfrentarse a los miembros de su amplia familia en conjunto con su mejor vestido que tener que soportar su escrutinio a lo largo de varias semanas.

Esperaba que su madre no se subiera por las paredes cuando viera que se había cortado el pelo. Y que tío Irve no hiciera ningún comentario sobre la longitud de su falda. Y que ninguno hubiera escuchado rumores sobre lo sucedido en el Alibi.

La familia Hewett ocupaba prácticamente todo el comedor de Angelo's. Cuando Lauren llegó fue recibida por una mezcla de exclamaciones de incredulidad y aprobación.

–¿Pero qué te has hecho? –fue la pregunta que más escuchó Lauren a su alrededor mientras se sentaba.

Pero tía Hattie no dejó que su sobrina permaneciera mucho rato sentada. Lauren apenas tuvo tiempo de pedir su comida antes de que su tía favorita la tomara del brazo para pedirle que la acompañara al servicio. La madre de Lauren las siguió de inmediato. Tras un intercambio de cálidos abrazos, y las preguntas de rigor sobre cómo había ido la luna de miel, Barbara Aberdeen insistió en que Lauren le contara lo sucedido durante su ausencia.

–¡Tienes un aspecto sensacional, cariño!

–¿A qué, o más bien, a quién se debe esa transformación tan asombrosa? –preguntó tía Hattie con su habitual falta de tacto.

Animada por su reacción, claramente positiva, Lauren respiró profundamente antes de lanzarse a responder la verdad.

–Al hecho de que he decidido casarme –al ver la expresión conmocionada de su madre y su tía, añadió precipitadamente–: Aunque lo cierto es que aún no conozco al afortunado.

Su madre y su tía intercambiaron una mirada cómplice y suspiraron a la vez.

–¡Sí señor! –dijo tía Hattie–. ¡Esa es la actitud que debes tener!

–Hace tiempo que esperábamos que tomaras esa decisión, querida –añadió la madre de Lauren.

Antes de que Lauren tuviera tiempo de manifestar su asombro, su prima Marissa, recién casada, entró en el abarrotado servicio con la excusa de que necesitaba retocar su maquillaje.

–El amigo que ha venido con Tim quiere que te sientes a su lado –dijo a Lauren tras felicitarla por su aspecto–. Está soltero y sin compromiso –añadió con una pícara sonrisa.

Lauren se sintió halagada cuando su prima le preguntó quién le cortaba el pelo. No era la primera vez que se lo preguntaban desde que había cambiado de estilo y, como siempre, hizo toda la propaganda que pudo de Claire.

Cuando regresó al comedor, comprobó que Jason Wingate, el amigo de Tim, ya se había ocupado de reservarle un asiento a su lado.

–Tim nunca había mencionado lo bonita que era la prima de su esposa.

Aunque la atención que prestó a Lauren resultó inicialmente halagadora, ésta acabó hartándose de su insistencia. Un mes antes habría pasado por alto sin ninguna dificultad su débil mandíbula y su falta de habilidad para mantener una conversación interesante, pero, tras haber pasado tanto tiempo con Travis en los últimos días, tuvo que simular un interés que estaba lejos de sentir por el trabajo de Jason como encargado de la sección de préstamos en un banco local. Al parecer los intereses estaban muy bajos y era un momento ideal para pedir una hipoteca. Desafortunadamente, Lauren no sentía ningún interés por Alan Greenspan ni por Jason Wingate.

Estaba reprimiendo un bostezo cuando vio con asombro que Travis entraba en el restaurante. Éste entregó discretamente un billete al camarero para que lo sentara en la mesa contigua a la de ella y luego saludó con la mano a su viejo amigo Henry Aberdeen.

El nuevo padrastro de Lauren le dedicó una amplia sonrisa y se acercó para estrecharle la mano con fuerza.

–¿Qué tal ha ido la luna de miel? –preguntó Travis.

–¿Qué haces aquí? –susurró Lauren mientras Henry se lanzaba a describir las maravillas del crucero que habían hecho.

–No me apetecía cocinar esta noche –respondió Travis–. ¿Hay algún problema en que decida salir a cenar por ahí de vez en cuando?

Siempre atenta y solícita, Barbara insistió en que el amigo de su marido se sentara a cenar con ellos.

–Espero que no os importe que acepte la invitación –dijo Travis con una sonrisa mientras situaba su silla entre la de Lauren y la de Jason–. No me gusta comer solo.

–A mí sí me importa –murmuró Lauren entre dientes.

Travis la ignoró y procedió a conquistar a la familia con su encanto... incluso a tía Effie, que normalmente era muy cautelosa con todo y con todos. Rió las bromas tontas de John, el joven sobrino de Lauren, hizo cumplidos a la madre de ésta, que estaba radiante después de su luna de miel, y se ofreció a pagar la cuenta entera a cambio del sencillo placer de su compañía. Irritada, Lauren tuvo que hacer verdaderos esfuerzos para no librarse de un tirón del brazo que tenía afablemente pasado sobre sus hombros.

No lograba entender qué hacía allí Travis... aparte de estropear sus posibilidades con un hombre en el que no estaba en lo más mínimo interesada.

El propio Travis no sabía muy bien por qué se había presentado en la fiesta. Sólo sabía que había seguido los dictados de su corazón y que éste había querido asegurarse de que Lauren no iba a ver a otro hombre que estuviera dispuesto a darle lo que él no podía ofrecerle: un compromiso a largo plazo. El vestido que llevaba había dejado en él una impresión indeleble y la idea de que se lo hubiera puesto para algún otro lo había vuelto loco.

Lo suficiente como para seguirla hasta la ciudad con la excusa de que necesitaba hacer unas compras. Lo suficientemente loco como para haber ido a dar veinte dólares al encargado del Alibi para que lo avisara de inmediato si Lauren se presentaba por allí. Lo suficientemente loco como para haber recorrido las calles incansablemente en busca del coche de Lauren. Lo suficientemente loco como para haber entrado directamente en el Angelo's para ver con quién se estaba viendo y con intención de hacer lo posible por estropear su cita.

Que hubiera resultado que Lauren había quedado con su familia no hizo que la amenaza que suponía Jason Wingate fuera menor. De hecho, aquello sólo intensificó la preocupación de Travis. El hecho de que le gustara la familia de Lauren no le facilitó las cosas para librarse de un creciente sentimiento de culpa. El hecho de sentirse cómodo entre un grupo tan diverso de gente bienintencionada y a la que tanto preocupaba la felicidad de Lauren no alteraba la probabilidad de que ninguno de ellos aprobara que fuera utilizada por un hombre que sólo pretendía disfrutar de su cuerpo cuando le apeteciera.

Pero Travis no estaba lo suficientemente avergonzado de sí mismo como para refrenarse a la hora de animarla a beber. Pidió una bebida fuerte con la esperanza de que el alcohol suavizara las duras miradas que le estaba dirigiendo. Cuando Lauren consumió la primera como si se tratara de un vaso de agua, encargó rápidamente otra.

–Si alguna vez os apetece dar una vuelta por el lago Femont, sólo tenéis que avisarme –ofreció Travis a todo el mundo–. Tengo caballos de sobra y hay muy buena pesca en cualquier época del año. Tal vez incluso podrías convencer a Lauren para que os acompañara.

–Lo dudo mucho –murmuró ella a su lado.

–Es adorable –vocalizó tía Hattie para Lauren.

–Y muy atractivo –añadió discretamente su madre.

Lauren puso los ojos en blanco.

Travis sonrió. Lo estaba pasando bien. La familia de Lauren era ruidosa y divertida. Tan diferentes de sus ex suegros como Lauren lo era de la propia Jaclyn. No era de extrañar que tuviera tanto sentido del humor y tanta fe en su habilidad para conseguir lo que se proponía.

Henry le guiñó un ojo y se inclinó hacia él.

–Si se parece en lo más mínimo a su madre, te aseguro que vas a estar muy ocupado.

Travis nunca había visto tan feliz a su viejo amigo.

–No saques conclusiones precipitadas respecto a mi amistad con Lauren.

–Sólo asegúrate de tratarla bien –añadió su amigo con expresión seria–. Siento tanto cariño por ella como si fuera mi propia hija.

Hacía tiempo que Travis no pensaba en ninguna mujer como en la hija de alguien. Aquello le hizo pensar. No quería distanciarse de Henry ni quedar mal ante la familia de los parientes de Lauren.

Y tampoco quería hacerla sufrir.

De todos modos, encontraba desconcertante su actitud distante. A diferencia de la cazafortunas con la que se había casado, era evidente que Lauren no quería casarse por dinero ni por conseguir una posición social más elevada. Parecía satisfecha con su modesto salario de maestra y parecía estar disfrutando de un modo especial su recién encontrado sentido de la independencia. Para un hombre que había llegado a desconfiar de todo el género femenino, los motivos de Lauren para querer casarse resultaban demasiado transparentes.

Jason, que se había pasado el rato tratando de sortear a Travis para dirigirse a Lauren, pareció acabar por renunciar, exasperado.

–Supongo que ha llegado la hora de irse –anunció en determinado momento–. ¿Quieres que te lleve a casa en coche, Lauren?

–Gracias, Jason, pero he traído mi propio coche –dijo Lauren con expresión de lamentarlo sinceramente.

El matiz de pesar que captó en su tono preocupó a Travis. Agitado por unos repentinos y desconcertantes celos, se alegró al comprobar que no iba a tener que competir con Jason por el privilegio de llevar a Lauren a casa... aunque la idea de lanzar un directo contra la mandíbula del otro hombre le produjo una inesperada sensación de placer. No siendo dado a aquella clase de exabruptos violentos, se preguntó qué le estaba pasando.

–Te llamaré –dijo Jason a Lauren. Tras dedicar a Travis una mirada asesina por encima del hombro, se fue.

Mientras Lauren se despedía de su familia, Travis aprovechó la ocasión para guardarse discretamente sus llaves en el bolsillo. Los parientes de Lauren asintieron aprobadoramente cuando, un rato después, insistió en llevarla a casa personalmente. Cuando ella fue a protestar, alzó una mano para interrumpirla.

–Lo siento, querida, pero has bebido demasiado y, ya que somos vecinos, no me supone ningún esfuerzo llevarte. Si eso te tranquiliza, estoy dispuesto a traerte mañana de vuelta para que recojas tu coche.

–Qué detalle por tu parte, querido –dijo Barbara Aberdeen, claramente encantada.

Lauren trató de atrapar las llaves que Travis balanceaba ante ella y masculló una maldición impropia de una dama cuando éste las retiró.

–Eres insufrible –murmuró a la vez que se esforzaba por sonreír en beneficio de su familia.

Consciente de que su madre se sentiría horrorizada si averiguara hasta qué punto Travis y ella habían mantenido relaciones de «buena vecindad», Lauren aceptó con recato que él apoyara una mano en su espalda para guiarla hasta la salida.

Pero en el instante en que salieron se volvió hacia él como una fiera.

–¿Qué crees que estás haciendo? –preguntó con un brillo asesino en la mirada.

–Sólo quiero asegurarme de que llegues a casa sana y salva.

–¿Te refieres a sana, salva... y sola? –dijo Lauren en tono sarcástico.

De no haber estado tan furiosa, tal vez habría encontrado divertida la inesperada manifestación de celos de Travis. Y si hubiera sido más retorcida tal vez se habría aprovechado de ello. Pero no lograba entender que un hombre como Travis Banks pudiera sentirse amenazado por alguien tan poca cosa como Jason. No había podido evitar pasar la tarde comparando a ambos hombres y Jason había perdido en todos los terrenos excepto en uno: su sinceridad.

Se reprendió por ser tan sentenciosa. Después de todo, Jason suponía toda una mejora respecto a Fenton Marsh. Era una persona agradable y se había ocupado de dejarle bien claro que estaba dispuesto a mantener una relación con expectativas de matrimonio... si aparecía la mujer adecuada en su vida.

–No –aclaró Travis–. No creo que sea imprescindible que te vayas a casa... sola.

El sugerente tono de sus palabras hizo que Lauren se derritiera por dentro cuando ladeó la cabeza con una expresión que dejó bien claras sus intenciones. Un agradable cosquilleo de anticipación la recorrió de arriba abajo. Cuando los labios de Travis rozaron los suyos, una calidez ya familiar invadió su cuerpo. De pronto, su enfado se esfumó. Rodeó con ambos brazos el cuello de Travis y respondió a su beso con pasión.

–Definitivamente, no vas a irte sola –dijo Travis, que apartó reacio sus labios de los de ella al oír el sonido de la bocina de un coche cargado de adolescentes que pasó en aquel momento junto a ellos.

Al verlos, Lauren se sintió abochornada. Probablemente eran alumnos de su colegio que se habrían quedado pasmados al ver a su profesora dando el espectáculo en medio de Main Street.

–Puede que a ti te parezca divertido –dijo al ver que Travis rompía a reír mientras la ayudaba a subir al coche–, pero tú no vas tener que enfrentarte a todos esos jóvenes en un aula el próximo otoño... Ni al tradicional director de mi colegio.

–Estamos en el siglo veintiuno, Lauren, no a comienzos del diecinueve.

–Sí, pero ésta es una comunidad muy conservadora y un administrador puede librarse de quien quiera si está lo suficientemente presionado para hacerlo.

–Creo que estás exagerando –insistió Travis.

Pero durante el trayecto no hizo nada que pudiera ser mal interpretado por nadie... incluyendo a la propia Lauren. Desafortunadamente, al haber conseguido exactamente lo que quería empezó a replantearse la situación. La repentina contención de Travis no sirvió para refrenar la reacción de su cuerpo ante su cercanía. El efecto del beso que le había dado hacía unos momentos no daba muestras de disminuir. Los labios le cosquilleaban y la sangre corría ardiente por sus venas. Estaba encendida.

Al llegar a casa sintió una incomodidad que hasta entonces había estado ausente en su relación. Y experimentó una desconcertante sensación de pesar ante la perspectiva de ir a pasar la noche sola.

Se preguntó qué mal podía haber en plegarse a los deseos de su cuerpo una vez más. A fin de cuentas no era ninguna virgen que pretendiera preservarse para su noche de bodas. Y tampoco sería la primera vez que estaría con Travis. Había oído decir que no había nada mejor, nada más agridulce y satisfactorio que el sexo en una ruptura.

–¡Maldito seas! –exclamó a la vez que soltaba su cinturón de seguridad con manos impacientes.

Travis se quedó sorprendido cuando Lauren se inclinó hacia él y lo besó en los labios sin ningún recato. Sin detenerse a pensar en la volubilidad de los estados de ánimo de aquella mujer, la sacó en brazos del coche y la llevó al interior de la cabaña.

Unos instantes después sus cuerpos se enredaban con las sábanas en la cama. Cuando habían hecho el amor la vez anterior, Travis se había mostrado especialmente tierno. Pero en aquella ocasión ninguno de los dos mostró ninguna inclinación hacia nada que no fuera el sexo ardiente, salvaje y sin ataduras emocionales incluidas.

Ni siquiera fueron capaces de pensar en tomar medidas de protección. Nada les habría bastado excepto la total e inmediata satisfacción de su deseo. Desnudos, buscaron refugio en la deliciosa sensación del roce de sus pieles. Unos sonidos casi salvajes acompañaron su deseo puramente animal mientras se satisfacían mutuamente.

–¡Ahora! –ordenó Lauren en un ronco susurro a la vez que se aferraba con ambas manos a las barras del cabecero de la cama.

Travis obedeció. Ya totalmente excitado, no había necesidad de más juegos previos por su parte. Lauren se abrió a él sin ningún recato y él la penetró con un entusiasmo que creía haber dejado atrás desde la adolescencia. Húmedos de sudor, se movieron al unísono, encaminándose rápidamente hacia su meta compartida. Poder alcanzar el clímax con tal rapidez y tan repetidamente resultó asombroso para Lauren... e increíblemente excitante para Travis.

–Oh, nena... –fue todo lo que logró decir antes de unirse a ella en otro de sus orgasmos.

Lauren abrió los ojos para mirarlo. Tener a un hombre tan maravilloso y excitado como aquel entre las piernas era un sueño hecho realidad. La agitada respiración de Travis acarició su rostro con la fuerza de un huracán, algo que le hizo sentirse increíblemente poderosa. Y cuando su palpitante sexo liberó su poderosa y cálida semilla dentro de ella... anheló poder tener sus hijos.

Un montón de ellos.

Darse cuenta de que aquello era una posibilidad real porque no habían utilizado protección no aplacó su anhelo. Y dado que ya había sucedido, apartó de su mente aquella preocupación con una despreocupación nada típica de ella. No creía estar en el momento adecuado del mes y además le daba igual. Sólo quería conservar para siempre la deliciosa sensación de encontrarse entre los poderosos brazos de Travis. Lo rodeó con las piernas por las caderas y apretó ligeramente para hacerle saber que aún no estaba lista para dejarlo ir.

–¿Otra vez? –dijo, con la esperanza de prolongar el momento.

Travis rió.

–Me temo que vas a tener que concederme unos minutos antes.

Lauren deslizó la lengua por su cuello para

saborear la sal de su sudor y luego centró sus labios en lugares más íntimos de su anatomía. Travis no necesitó tantos minutos como esperaba para volver a estar en forma. Lauren era una gatita salvaje, sugiriéndole posiciones y ofreciéndole hacer cosas con las que la mayoría de los hombres sólo se atreverían a soñar.

Después, totalmente saciados, permanecieron abrazados para no perder la sensación de unión y cercanía que ambos sabían que podía durar mucho. Lauren estaba tan sorprendida como Travis por la rapidez con que volvía a aflorar su deseo después de cada orgasmo. Había leído en algún sitio que algunas mujeres podían alcanzar múltiples orgasmos y que cada uno de ellos ganaba en intensidad. Jamás habría adivinado que era una de aquellas afortunadas. Sólo esperaba no convertirse en una ninfómana...

Suponiendo que no tenía nada que perder, aparte de su orgullo, decidió aprovechar el estado de lasitud de su amante para poner en juego su corazón.

–Podría pasarme la vida amando así.

Travis se puso tenso entre sus brazos y Lauren lamentó de inmediato haber pronunciado aquellas palabras, que habían arruinado un momento perfecto. Travis se apartó de ella y se sentó en el borde de la cama con la cabeza entre las manos, como si tuviera un fuerte dolor de cabeza. Lauren también se irguió y le palmeó juguetonamente un hombro.

–Lo siento –dijo, pero, después de haber abordado aquel delicado tema no podía dejarlo así como así. Suspiró, alzó las rodillas y apoyó la barbilla en ellas–. ¿Pero se puede saber de qué tienes miedo exactamente, Travis?

Capítulo Diez

A Travis no le gustaba que lo pusieran en aprietos, especialmente cuando aún no tenía una respuesta razonable a la pregunta que se había estado haciendo a sí mismo durante los días pasados. En cualquier caso, no consideraba conveniente seguir con aquella conversación estando desnudos. El encantador cuerpo de Lauren hacía imposible cualquier intento de concentrarse en otra cosa. Para estropear las cosas, casi habría jurado que podía escuchar a sus ovarios entonando la marcha nupcial. Se maldijo por haber olvidado utilizar protección en el fervor del momento y rogó para que no estuviera embarazada.

Aunque lo cierto era que la idea de tener un hijo con aquella mujer resultaba bastante tentadora. Pero después de la experiencia de su matrimonio anterior, se sentía muy reacio a cometer de nuevo el mismo error. Tras su divorcio se prometió no volver a permitir jamás que su libido dominara su capacidad de raciocinio.

Pero, para lo que le había servido, lo mismo habría dado que hubiera escrito aquella promesa sobre la arena de una playa.

Sabía que su rechazo a comprometerse estaba directamente ligado a la desastrosa relación que mantuvo con Jaclyn, pero sospechaba que las raíces del problema eran mucho más profundas. Lo mejor que se le ocurrió para responder fue utilizar un dicho.

–Una vez mordido, dos veces reacio.

Debatiéndose entre permanecer en aquella cama para siempre o salir corriendo a toda velocidad en dirección contraria, tomó el rostro de Lauren entre sus encallecidas manos. Con el pelo revuelto en torno al rostro y los labios ligeramente hinchados a causa de sus besos, era la criatura más bonita que había visto en su vida. A pesar de que no dejaba de decirse que lo que habían compartido no había sido más que una magnífica sesión de sexo, en el fondo sabía que allí había en juego algo mucho más profundo.

Y saberlo lo asustaba.

Pero no se sentía inclinado a admitir aquello ante la mujer que lo estaba mirando con una expresión de evidente preocupación en sus grandes y preciosos ojos. Travis no era dado a confiar sus preocupaciones a nadie, y menos aún a la persona a la que más quería impresionar. Cuando Lauren fue a responder al viejo dicho, apoyó un dedo en sus labios para silenciarla.

–Ssss... no estropeemos lo que tenemos a base de analizarlo demasiado.

Al instante, la expresión del rostro de Lauren se volvió impenetrable.

–De acuerdo.

Su tono de voz hizo que Travis se sintiera aún más culpable que cualquier argumentación que hubiera podido utilizar Lauren para convencerlo de que sus temores eran infundados.

–No te he prometido más que... –empezó, a la defensiva, pero ella lo interrumpió.

–He dicho que de acuerdo.

Travis suspiró.

–¿Qué tiene de malo que sigamos así una temporada? ¿No crees que sería más prudente llegar a conocernos mejor antes de precipitarnos a decidir nada?

Lauren se apartó de él para apoyarse contra la cabecera de la cama.

–Tú pareces creer que ya me conoces bastante bien, pero cada vez que yo trato de entenderte mejor te cierras en banda. En mi opinión, creo que estás bloqueado por la experiencia de tu matrimonio y te asusta desbloquearte.

Distraído por el estado de desnudez de Lauren, Travis se inclinó hacia ella y la besó en la punta de la nariz con intención de aligerar el ambiente.

–Vamos –dijo en tono desenfadado–. Seguro que no quieres que me comprometa a algo para lo que aún no me siento listo. Además, yo tampoco quiero perderte. Tal vez podríamos llegar a un acuerdo que nos satisfaga a ambos.

La curiosidad suavizó la terca expresión de Lauren. Ladeó la cabeza y dedicó a Travis toda su atención.

–Te escucho.

Travis tuvo dificultades para expresar sus pensamientos en una frase coherente. En realidad no sabía si estaba preparado para asumir lo que estaba a punto de sugerir.

–¿Qué te parece si te trasladas a vivir conmigo?

Lauren parpadeó y lo miró atentamente antes de responder. Ella también estaba teniendo dificultades para expresarse. Al margen de que le hubiera pedido que se casara con él, la idea de irse a vivir con Travis era un sueño hecho realidad. Los latidos de su corazón redoblaron su intensidad mientras un coro de ángeles entonaba en la distancia un coro de aleluyas.

Sin embargo, dudó.

No sabía qué le pasaba. Cualquier mujer en su sano juicio habría dado botes de alegría ante la oportunidad de irse a vivir con un hombre como Travis.

–Ya te he dicho que mi posición como maestra en la comunidad no me permitiría hacer algo así.

Había mucho más, por supuesto, pero Lauren no quería entrar en nada más personal. ¿Cómo iba a explicar que lo que más miedo le daba en realidad era decepcionar a su padre? A pesar de haberse ido hacía años, su presencia aún guiaba las principales decisiones que tomaba su hija.

–¿Y por qué tiene que enterarse nadie de que

en lugar de vivir en la cabaña como mi inquilina vives en mi casa como mi amante?

A pesar de la lógica de la pregunta de Travis, Lauren se esforzó por no aceptar su propuesta con demasiada facilidad.

–Yo lo sabría –dijo con firmeza–. Y seguro que mi familia acabaría por descubrirlo antes o después. Vivimos en una pequeña comunidad en la que todo el mundo acaba enterándose de todo. Y dudo que mis parientes tengan una mentalidad lo suficientemente abierta como para aceptar un arreglo que no incluya un anillo de boda.

Pensar que su padre se revolvería en su tumba si supiera que su pequeña se había ido a vivir con el playboy más conocido del condado no había impulsado precisamente a Lauren a aceptar la propuesta de Travis. Por un tonto momento había creído que estaba a punto de pedirle que se casara con él. Decepcionada, se preguntó por qué su oferta no incluía al menos la posibilidad de hablar de una fecha para casarse... aunque fuera muy lejana. Aquello habría bastado para aplacar a su familia, para frenar cualquier rumor que pudiera surgir en la comunidad... y para que Travis se fuera haciendo de nuevo a la idea de casarse.

En el fondo de su romántico corazón, Lauren soñaba con una proposición de matrimonio tradicional, hecha rodilla en tierra. No quería sonsacársela a la fuerza. Quería que Travis le pidiera que se casara con él porque realmente quisiera hacerlo, porque no pudiera pensar en vivir sin ella.

Travis carraspeó.

–Ya sabes que no me ha resultado fácil superar mi divorcio. Jaclyn era una mujer que siempre quería controlarlo todo sin tener en cuenta lo que yo sintiera o pensara sobre determinados asuntos.

Lauren no podía saber que Travis estaba pensando en el bebé que nunca llegó a tener entre sus brazos. Travis nunca hablaba de aquello con nadie. Ni siquiera se lo contó a su abogado, que insistió en que debía darle cualquier información que pudiera hacer que el caso avanzara con más rapidez en el juzgado.

–Cuando finalmente solicité el divorcio –continuó–, Jaclyn hizo todo lo posible para liar las cosas. Tuvo un... aborto... y al parecer nunca fuimos capaces de superar la pérdida.

No mencionó que el aborto no fue espontáneo y que él no pudo intervenir en la decisión de si tenían al bebé o no. No creía que tuviera sentido hablar mal de su ex esposa ni sacar a la luz un tema doloroso que no cambiaría por mucho que hablaran de ello... aunque tal vez podría hacer comprender a Lauren por qué se sentía tan reacio ante la idea de volver a casarse.

–Pero quiero que sepas que, hasta que has entrado en mi vida, no he querido volver a estar demasiado cerca de nadie. Así que, por si no eres consciente de ello, quiero que sepas que pedirte que vengas a vivir conmigo supone un gran paso para mí.

Lauren no sabía qué decir. La vida de Travis era mucho más complicada de lo que había pensado. No podía ni imaginar lo que debía ser perder un bebé.

Pero si estaba teniendo tantas dificultades para abordar el tema del matrimonio, ¿cómo iba a mencionar de un modo desenfadado que también le gustaría tener hijos algún día? Sabía que Travis sería un padre maravilloso. Se preguntó qué pensaría ante la idea de empezar de nuevo. Con ella.

Pero, por importante que fuera que siguieran hablando en profundidad sobre el primer matrimonio de Travis, supo por la expresión de éste que de momento ya había dicho todo lo que estaba dispuesto a decir al respecto.

Con verdadero esfuerzo, le dedicó una pequeña sonrisa y pospuso la conversación que tanto deseaba tener.

Palmeó la almohada a su lado.

–¿Por qué no vuelves a la cama y nos dormimos? Una buena noche de sueño puede hacer maravillas con nuestros puntos de vista sobre las cosas.

Aparentemente satisfecho con dejar las cosas como estaban, Travis se metió bajo las sábanas y un instante después estaba dormido. Sin embargo, Lauren permaneció despierta. No quería desestimar el ofrecimiento de Travis así como así.

Pero no pudo evitar sentirse limitada por el plan que le había sugerido. No era tanto su temor a lo que pudieran pensar sus vecinos como la sensación de que ella valía más de lo que Travis parecía dispuesto a ofrecerle.

No pudo evitar preguntarse si Travis querría mantener su relación oculta porque se sentía secretamente avergonzado de ella. Tal vez no se sentía capaz de superar su mojigata imagen del pasado. O tal vez se debía a la creencia totalmente sexista de que no necesitaba comprar la vaca si ya le daban la leche gratis. ¿O la consideraría demasiado mayor como para hacerla su esposa?

¿O estaría buscando una compañera de juegos invisible y nadie encajaba con aquella descripción mejor que ella?

Al pensar aquello sintió que se difuminaba contra el paisaje.

Y luchó contra ello.

Se había esforzado demasiado para hacerse visible al mundo como para permitir que aquellos pensamientos negativos destruyeran su nueva imagen. Sin embargo, por tentador que fuera dejar la relación cuando aún podía hacerlo con la cabeza bien alta, la idea de abandonar lo que tenía con Travis era casi más de lo que podía soportar. Con la esperanza de ver las cosas con otra perspectiva por la mañana, trató de alejar sus temores. En aquellos momentos le bastaba con acurrucarse entre los brazos de Travis y sentir los latidos de su corazón.

Desafortunadamente, el sueño no bastó para resolver el dilema de Lauren. Cuando despertó seguía sin saber qué hacer. En todo caso, se sentía aún más confundida. A diferencia de ella, Travis no parecía haber perdido ni un segundo de sueño por el asunto. Cuando despertó estiró su poderoso cuerpo de manera que sus pies asomaron por la parte delantera de la cama.

–Buenos días, preciosa –dijo tras colocarse de costado para poder mirar a Lauren.

–Buenos días, dormilón –replicó ella.

Lo cierto era que Lauren estaba un poco irritada por el hecho de que Travis hubiera podido dormir tan bien, de que pareciera tan seguro de sí mismo. Al parecer, no dudaba que fuera a aceptar su propuesta de irse a vivir con él.

Pero por tentadora que fuera la idea, Lauren aún no había llegado a una conclusión. Lo único que sabía era que no quería regresar a su estado previo de invisibilidad sólo para facilitarles las cosas a otros.

–¿Has llegado a alguna conclusión? –preguntó Travis a la vez que deslizaba un dedo por el brazo de Lauren.

Ella apartó un mechón de pelo del rostro que tanto amaba. Sabía que debía ser sincera con él, y consigo misma, respecto a todo aquello. Debía atreverse a mostrar sus verdaderos sentimientos.

–Sólo a una.

–¿Y cuál es?

Lauren tragó con esfuerzo mientras miraba los ojos que la habían cautivado durante tantos años. Quería contar con toda su atención cuando pronunciara por primera vez las palabras que iba a decir.

–Que te quiero.

Un intenso silencio siguió a su sentida declaración.

No era exactamente la reacción que Lauren esperaba. Travis debería haberse molestado al menos en decir algo. Cualquier cosa. Reprimió las lágrimas con esfuerzo y rogó para que apartara la mirada. Nunca se había sentido tan estúpida, fea y avergonzada en su vida.

–No tienes por qué decir nada –logró decir antes de salir de la cama–. Sólo he pensado que deberías saber que no me trasladaría a vivir contigo si no estuviera enamorada de ti. Eso es todo.

«¿Eso es todo?»

Aturdido por las palabras de Lauren, Travis fue incapaz de pronunciar las que ella debía estar esperando escuchar. Habría sido fácil frenar sus lágrimas con una mentira, pero Travis no quería hacerle más daño del que ya le había hecho dándole falsas esperanzas.

Pero lo más absurdo de todo era que no sabía si estaría mintiendo si repitiera aquellas dos palabras. Sabía con certeza que lo que sentía por aquella mujer iba mucho más allá del mero deseo; de lo contrario jamás se le habría ocurrido sugerirle que se fuera a vivir con él. Y también iba más allá de la mera atracción o el cariño. Y más allá de lo que su baqueteado corazón podía soportar.

¿Sería demasiado creer que una mujer tan especial como Lauren pudiera amarlo de verdad por sí mismo, no sólo por lo que representaba, por su dinero, por la posibilidad de asociarse a un nombre sinónimo de uno de los ranchos más grandes de Wyoming?

La verdad podía resultar mucho más terrible que cualquier mentira que pudiera decirle.

Alargó una mano para impedir que Lauren saliera de la cama y la atrajo hacia sí para abrazarla como si temiera que fuera a volar definitivamente de su lado si le daba la oportunidad de hacerlo. Pocas mujeres de las que conocía se habrían planteado un dilema moral ante su oferta.

–No te merezco –dijo con voz ronca.

–Probablemente no –Lauren asintió a la vez que ocultaba sus lágrimas tras el borde de la sábana.

–¿Significa eso que no vas a trasladarte a mi casa?

–Significa que te quiero, pero que me gustaría tener un poco más de tiempo antes de darte una respuesta definitiva.

Dolido por el hecho de que no pareciera especialmente feliz ante la perspectiva de irse a vivir con él, Travis se inquietó ante la posibilidad de que Lauren estuviera pensando en hablar con alguien sobre las ventajas y desventajas que podría suponerle tomar tal decisión. La idea de que fuera a hablar de ello con su madre, o con Henry, o con cualquiera de los demás parientes que tanto la querían, le hizo sentirse como un canalla.

–Las niñas mayores no tienen por qué consultar con su madre antes de tomar sus propias decisiones –dijo. Lo último que quería era interponerse entre Lauren y las personas cuya opinión importaba de verdad a ésta. Y tampoco quería que ella pensara mal de él.

De repente pensó en una posibilidad horrible.

–No estarás pensando en hablar de esto con el director de tu colegio, ¿no?

Si aquel tipo gordo y calvo tenía algo que decir sobre él, más le valía decirlo delante de él... antes de tragarse su puño.

Lauren negó con la cabeza.

–No, a menos que él saque el tema.

Aquello hizo que Travis se relajara.

Aún faltaban un par de meses para que el colegio empezara de nuevo, ¿y quién sabía cómo habría evolucionado su relación para entonces? La experiencia le había enseñado que una cosa era salir con una mujer y otra muy distinta vivir con ella. No le costó mucho darse cuenta de que la luna de miel con Jaclyn acabó muy poco después de empezar. Creía sinceramente que la mejor forma de plantearse un posible matrimonio era irse a vivir juntos antes de tomar la decisión.

No es que estuviera prediciendo el fallo del arreglo que había sugerido. Como veterano en la guerra entre los sexos, simplemente se estaba preparando para ello. Por si acaso.

Capítulo Once

–¡Qué dilema! –exclamó Suzanne exageradamente cuando Lauren le habló de la proposición de Travis–. Veamos. ¿Deberías trasladarte a vivir con un hombre guapo y rico que hace que te derritas con sus besos, o deberías seguir viviendo sola el resto de tu vida como la triste y honorable solterona de Pinedale High?

Lauren se mordió el labio inferior.

–¿De verdad te parece un dilema tan sencillo?

–Sí.

A Lauren le habría encantado ser tan decidida como Suzanne. Si los asuntos del corazón se resolvieran con tanta facilidad como decía su amiga... Pero dar consejos era mucho más fácil que tomar decisiones.

–No recuerdo que te fueras a vivir con Mike antes de casarte con él –comentó.

–Es cierto –admitió Suzanne con una sonrisa–. Pero Mike no tenía tanto miedo al compromiso como Travis. De hecho, según recuerdo prácticamente me arrastró por el pasillo de la iglesia para que me adaptara a su horario –una nostálgica expresión cruzó por un momento su rostro. Suspiró–. Aquéllos eran los buenos tiempos, cuando pagar los recibos no era más importante que hacer el amor.

Aunque Lauren se compadeció de su amiga no pudo identificarse con ella. Desde fuera, su amiga disfrutaba de un matrimonio perfecto. Resultaba difícil no envidiar la repentina fuga que escandalizó a toda la ciudad y marcó el comienzo de la vida de Suzanne y Mike juntos.

–Al menos tú no tienes por qué temer que Mike pueda dejarte en cualquier momento. Cuando se vive con alguien sin estar casado, la más mínima discusión pueda acabar dando al traste con la relación.

Suzanne rellenó la taza de café de Lauren.

–Sé que te da miedo moverte sin red de seguridad, que temes que si te trasladas a casa de Travis las cosas se deteriorarán en cuanto digas que quieres un compromiso más serio. Pero debes comprender que el matrimonio no es garantía de que eso no vaya a suceder. La gente se divorcia. Travis lo hizo. Y probablemente ése es el motivo por el que ahora quiere tomarse las cosas con calma. Recuerda que el amor es una elección. Es trabajo duro. Y que, por encima de todo, merece la pena.

Lauren apreció las palabras y el apoyo de su amiga. Ella misma había esperado mucho tiempo para que apareciera el hombre adecuado, y no era dada a dar consejos así como así. Resultaba reconfortante saber que, fueran las que fuesen las consecuencias que pudieran derivarse de su decisión, siempre contaría con el apoyo de su amiga. Suspiró, inquieta ante la perspectiva de lo que se avecinaba.

–Sólo espero que mamá muestre una mente tan abierta como la tuya cuando se lo cuente.

De camino a casa de su madre, Lauren compró una docena de donuts por si necesitaba algo para suavizar su reacción. Estaba tan nerviosa que antes de llegar ya se había comido tres.

–¡Cielo santo, querida! –exclamó su madre cuando le abrió la puerta–. ¡No tienes por qué llamar al timbre como si fueras una desconocida!

Lauren no supo cómo explicar que había temido interrumpir algo íntimo. Tras dar diversos rodeos respecto al verdadero motivo de su visita, finalmente se animó a abordar el tema, preparándose para la explosión que sin duda seguiría a sus palabras.

–¡Es una noticia maravillosa, cariño! –exclamó Barbara a la vez que la abrazaba.

Lauren se alegró de que su madre fuera mucho menos conservadora de lo que creía. De hecho, según fue avanzando la conversación, no pudo evitar sentirse dolida al comprobar que su madre parecía más preocupada por los sentimientos de Travis que por los suyos.

–No puedes culpar a un hombre que ha pasado por lo que pasó él con su divorcio por mostrarse reacio. Si estuviera en tu lugar, yo no le daría ningún ultimátum. Cualquier hombre que mereciera la pena se opondría a esa clase de chantaje emocional.

–¿Quieres decir que no te decepcionaría que me saltara la boda y pasara directamente a la luna de miel? –preguntó Lauren, incrédula.

–Tú nunca podrías decepcionarme, querida. Creía que ya lo sabías.

La respuesta de Barbara fue tan instantánea y sincera que Lauren no pudo evitar emocionarse.

–Lo siento. Últimamente estoy hecha una llorona. No es nada típico en mí.

Barbara volvió a abrazarla antes de ir por una caja de pañuelos de papel.

–Lo que quiero saber es si estás enamorada de él –preguntó cuando volvió a sentarse junto a Lauren.

–Me temo que sí, mamá. Lo quiero tanto que duele.

–En ese caso, no veo cuál es el dilema.

El hilillo de lágrimas que corría por las mejillas de Lauren se convirtió en un auténtico reguero mientras se esforzaba en admitir la terrible verdad. Y al recordar el significativo silencio que había seguido a sus palabras cuando le había dicho a Travis que lo amaba, fue incapaz de contener los sollozos.

–Me... me temo que... que él no me corresponde.

–Vamos, vamos, cariño –dijo su madre mientras trataba de consolarla–. Ningún hombre te pide que te vayas a vivir con él a menos que sienta algo por ti. Puede que Travis tenga dificultades para manifestar sus sentimientos. A algunos hombres les sucede. Pero Henry habla muy bien de Travis, y a mí me pareció que el otro día encajó a la perfección con la familia. Leta y los chicos están dispuestos a aceptar su generosa oferta para ir a montar a caballo en su rancho.

–¿Qué más da que encaje con el resto de la familia? –gimió Lauren–. Lo que me preocupa es si encaja conmigo. Quiero que quiera lo que yo quiero. Y lo que quiero es que quiera casarse conmigo –la cabeza empezaba a darle vueltas. Ya no estaba segura de que sus palabras tuvieran sentido.

Barbara suspiró.

–Ojalá pudiera hacer algo para facilitarte las cosas, cariño, pero no puedo. Sólo puedo animarte a que te plantees la posibilidad de permitir que Travis te haga feliz. De dejar que el amor florezca en su momento. Procura no forzar las cosas. Y no olvides que, decidas lo que decidas, siempre contarás con mi apoyo.

Lauren no habría esperado ni en un millón de años que su madre diera su beneplácito a ninguna clase de actividad sexual fuera del matrimonio. Entre Suzanne y ella estaban derribando uno a uno todos los obstáculos que se le ocurrían para aceptar la oferta de Travis. Sólo quedaba una persona cuya opinión le importaba más que la de ningún otro.

Pero su padre ya no estaba allí para aconsejarla.

–¿Qué crees que pensaría papá? –preguntó mientras se secaba los ojos con un pañuelo.

Barbara sonrió con ternura.

–Habría querido que fueras feliz. Sé que no le habría gustado que sacrificaras tu felicidad en aras de un equivocado sentido de la obligación hacia su recuerdo. Me temo que a lo largo de los años has ido mitificando a tu padre hasta casi elevarlo a la santidad, pero nunca olvides que estaba hecho de carne y sangre, como tú y yo. Creo que Travis le habría gustado. A mí me gusta, desde luego.

Lauren se animó al escuchar aquello.

–¿En serio?

–En muchos aspectos me recuerda a tu padre que, por cierto, estaba más que un poco nervioso ante la perspectiva de casarse. Lo cierto es que yo ni siquiera estaba segura de que fuera a presentarse en la iglesia el día de la boda.

Lauren no podía creer lo que estaba escuchando. Según recordaba, su padre le contó que se enamoró de Barbara Miller a primera vista y empezó de inmediato a hacer todo lo posible para retenerla a su lado.

Su madre se inclinó hacia ella con expresión seria.

–Escúchame, Lauren. El hecho de que tu padre muriera no significa que Travis también vaya a dejarte. Si la muerte de tu padre puede enseñarte algo es que uno debe disfrutar de la vida todo lo posible mientras pueda.

Lauren se sintió de pronto como si su madre acabara de iluminar uno de los rincones más oscuros de su mente. Además de avergonzada, de pronto sintió que todos sus temores eran una nimiedad y comprendió con claridad que sólo ella podía tomar la decisión de arriesgarse en el amor.

El hecho de que todo el mundo pareciera adorar a Travis debería haberle facilitado las cosas a la hora de tomar su decisión, pero no fue así.

Y aquello era un testimonio de la profundidad de su apego infantil a los finales felices y de su aversión a la realidad con todas sus imperfecciones. Era evidente que a nadie le planteaba problemas la proposición de Travis excepto a ella misma.

Tenía que pararse a pensar. Pero las posibilidades de lograrlo si volvía a casa y encontraba a Travis en su cama eran realmente escasas. Pensar no era algo que se le diera especialmente bien cuando estaba con él... especialmente si estaba desnudo.

De manera que al salir de casa de su madre y entrar en su cóche no condujo hacia el rancho Half Moon, sino en dirección opuesta. Llevaba suficiente dinero para cubrir sus gastos mientras trataba de dilucidar las dudas de su corazón. Cualquier motel podría ofrecerle lo que más necesitaba en aquellos momentos: soledad y un buen servicio de habitaciones.

Conducir le sirvió para calmar sus alterados

nervios. Su aprensión fue disminuyendo según iba sumando kilómetros. Finalmente, el agotamiento causado por la falta de sueño de la noche anterior se sumó a su agotamiento emocional. No sintió ningún remordimiento cuando apagó su móvil. No estaba casada y aún no había aceptado irse a vivir con Travis temporalmente. Ya era mayorcita y no necesitaba permiso de nadie para hacer lo que le pareciera bien.

Cuando finalmente se detuvo en un hotel a los pies de las montañas Teton, se dio permiso para dormir todo lo que le hiciera falta. Acababa de recoger la llave de su habitación cuando un atractivo desconocido que también se estaba registrando en el motel halagó su ego ofreciéndole un plan alternativo para la tarde.

–Si dejas que te invite a beber algo en el bar, haré lo posible para borrar esa expresión tan seria de tu rostro y sustituirla por una sonrisa.

¿Dónde estaba?

Travis iba a volverse loco de preocupación. Cuando anocheció decidió dejar sus reservas a un lado y se puso en contacto con todas las personas que pudieran saber por dónde andaba Lauren.

–Se ha ido de aquí hace varias horas –le informó la madre de Lauren.

Travis lamentó tener que preocuparla, pero le preguntó si sabía si había algún motivo por el que Lauren pudiera estar disgustada.

–Sólo sé que te ama con locura –respondió Barbara desde el otro lado de la línea–. Y que teme que tú no sientas lo mismo por ella.

La suave reprimenda golpeó a Travis con toda la sutileza de una pelota de béisbol lanzada a toda velocidad. El recuerdo de su silencio cuando Lauren le había declarado su amor le atravesó el corazón.

–Siento mucho cariño por tu hija –dijo, tenso.

–En ese caso, más vale que se lo digas antes de que la pierdas definitivamente.

Fue un buen consejo. Travis esperaba que no fuera demasiado tarde como para seguirlo. Si había estado inseguro respecto a sus sentimientos por Lauren, para cuando colgó el teléfono ya no quedaba ninguna duda en su mente; estaba perdidamente enamorado de ella. De lo contrario no se habría sentido tan terriblemente preocupado por su inesperada ausencia.

¿Sería posible que Lauren estuviera jugando con él? Tal vez se parecía más a Jaclyn de lo que estaba dispuesto a admitir. Tal vez estaba en aquellos momentos en el Alibi, buscando un hombre con menos problemas emocionales que él, un hombre que no se tragara la lengua cada vez que ella le expresara sus sentimientos.

Sin sabe qué hacer, subió a su todoterreno y se puso a buscarla. No la encontró en el Alibi, ni en ninguna otra cafetería de la calle Pinedale. Su amigo Larry lo informó en la comisaría de que no podía poner una denuncia por la desaparición de alguien hasta transcurridas al menos veinticuatro horas.

–Además, lamento decirte que no tienes ningún derecho legal sobre alguien que no es tu esposa.

Travis frunció el ceño y se inclinó hacia él con aire combativo.

Larry dio un paso atrás.

–Siento verte en ese estado de nervios, amigo, pero me parece que este asunto es más personal que criminal. No sé cuánto tiempo lleváis juntos, ¿pero desde cuándo tiene que darte cuenta Lauren de lo que hace?

Travis asintió de mala gana. El hecho de que Larry le hubiera hecho sentirse como una especie de Neandertal que no tuviera idea de cómo tratar a las mujeres no le hizo ninguna gracia. Probablemente porque era más cierto de lo que estaba dispuesto a admitir.

–Siento haber reaccionado así, pero si no encuentro pronto a Lauren, volveré y exigiré que se haga algo.

Unas semanas atrás, Lauren habría sentido la tentación de aceptar la invitación del desconocido para comprobar si podía ser un candidato adecuado. Pero en lugar de ello optó por tomar un baño caliente. Ya no le bastaba estar con cualquier hombre. Él único con el que quería estar era con Travis.

Llenó la bañera y se metió en ella con un suspiro de placer. Nade en el mundo servía para calmarle los nervios mejor que un buen baño. Colocó un paño mojado sobre su rostro y dejó que las místicas propiedades de las sales diluyeran el mundo a su alrededor.

Largo rato después, cuando ya tenía la piel como una ciruela pasa, vació la bañera con la sensación de estar mucho más relajada. Para cuando se metió en la cama ya estaba medio dormida.

Capítulo Doce

Lauren miró el reloj y vio con incredulidad que eran casi las doce del mediodía. Apenas le quedaba tiempo para dejar la habitación. No recordaba cuándo había sido la última vez que había dormido hasta aquella hora. Salió de la cama rápidamente y, al notar lo descansada que se sentía, decidió que era mucho más fácil tener la mente despejada cuando Travis no andaba cerca. Y al poder pensar con claridad comprendió que daba igual lo que pensaran los demás y que, por bienintencionados que fueran, no debía permitir que nadie que no fuera ella definiera sus sueños.

Sencillamente, lo quería todo. Casarse, ser esposa, madre y también amante. Creía merecer un final feliz, con cura incluido, tarta y un ramo que tendría que arrojar en lugar de tratar de recoger.

Por humilde que fuera su sueño, decidió que merecía la pena aferrarse a él. Y no estaba dispuesta a aceptar menos. Estaba cansada de no dejar de llorar por alguien que no la apreciaba, y no pensaba conformarse con casarse con cualquiera por conseguir un anillo y la aprobación de la sociedad. Tampoco quería forzar a ningún hombre a casarse con ella en contra de su voluntad. Si hubiera quedado embarazada de Travis después de su último y apasionado encuentro, preferiría morir antes que utilizar a un bebé inocente para conseguir lo que quería.

–Soy una mujer atractiva e independiente –se dijo mientras se vestía–. No necesito a un hombre para sentirme completa. Desde luego, no necesito uno con fama de abandonar a las mujeres en cuanto se cansa de ellas.

Por supuesto, aquello no cambiaba el hecho de que amaba a Travis.

Ella estaba dispuesta a poner en juego su futuro por él, pero aún no sabía si él la amaba y estaba dispuesto a correr el riesgo de casarse. Si no era lo suficientemente listo como para saber que ella era todo un partido, más le valía pasarse la siguiente década en el Alibi esperando a que apareciera alguien mejor.

Si Travis no la amaba lo suficiente como para casarse con ella, decidió que tendría que amarse aún más a sí misma para compensar.

Tras prepararse, se miró un momento en el espejo, respiró profundamente y se dijo que todo iba a ir bien. A continuación salió de la habitación y fue a la tienda del motel a hacer unas compras que necesitaba antes de ver a Travis. Éstas incluyeron varias velas, chocolate negro, una botella de vino... y la negligé más elegante y sexy que pudo encontrar.

Ya había oscurecido para cuando llegó al rancho. Una intensa aprensión se apoderó de ella cuando salió del coche. En medio de la oscuridad reinante, tan sólo aliviada por el manto de estrellas que cubría el cielo, de pronto se sintió muy pequeña.

Y muy sola.

No había una sola luz encendida en la casa del rancho ni en la cabaña. Una cosa era imitar el sentido de la independencia de Katherine Hepburn a la luz del día y otra muy distinta ponerse a buscar las llaves en la oscuridad mientras pensaba en enfrentarse al hombre que la hacía sentirse tan vulnerable como una gatita. Pero cuando por fin entró y encendió la luz comprobó que todo seguía exactamente como lo había dejado... y que Travis no estaba.

Se dijo que era una tontería sentirse decepcionada por el hecho de que no estuviera esperándola, de que no estuviera en lo más mínimo preocupado por su ausencia. Ella no tenía por qué darle explicaciones de adónde iba y lo que hacía, pero había alimentado la esperanza de que su marcha hubiera servido para que su corazón se enterneciera. Había fantaseado con la posibilidad de encontrarlo esperándola con el anillo que había comprado tras cambiar de opinión.

La decepción fue amarga, pero no totalmente inesperada.

Incapaz de imaginar dónde podría estar a aquellas horas, asumió que se habría retirado pronto tras un duro día de trabajo. Porque Travis trabajaba mucho más duro de lo que nunca había imaginado. En realidad, apenas tenía nada que ver con el playboy en que lo había convertido la rumorología del lugar.

Apartó de su mente cualquier preocupación sobre lo que pudiera haberle sucedido y decidió seguir adelante con el plan que había elaborado para potenciar su decreciente coraje. No pensaba quedarse sentada esperando el amor que Travis no estaba dispuesto a darle o no podía ofrecerle.

En primer lugar colocó una solitaria rosa en el centro de la mesa y la rodeó de velas. Luego sacó la fondue, introdujo en su interior una generosa porción del chocolate que había comprado y la encendió. Queriendo creer que lo que sucediera en su vida sólo era el reflejo de los límites que ponía a su propia mente, decidió que había llegado el momento de fiarse de su inteligencia interior.

Era hora de cortejarse a sí misma y de mimar sus sentidos.

A continuación puso un disco de soñadoras canciones de amor y colocó una botella de champán en un recipiente que llenó de hielo. Tras limpiar y seleccionar unas fresas del tamaño de pelotas de golf que colocó en una fuente reservada para las ocasiones especiales, y después de remover un poco el chocolate, fue al dormitorio a ponerse la negligé de seda gris con encaje rosado que había comprado en la boutique del hotel. Antes de quitarse la ropa para ponérsela y transformarse en una actriz de cine, acarició su mejilla con la tela de la prenda. Casi parecía que había sido hecha especialmente para adaptarse a las curvas de su cuerpo. Cuando se miró en el espejo pensó que nunca había estado más guapa.

Y lamentó que Travis no estuviera allí para verla.

Volvió al cuarto de estar y ocupó el asiento de honor ante la mesa dispuesta para uno. Tomó una brocheta, pinchó con ella una fresa y la introdujo en el chocolate fundido. El aroma bastó para que la boca se le hiciera agua. Necesito hacer un auténtico esfuerzo para admirar lo artístico de su creación antes de llevársela a la boca.

¡Ah... cielos!

Tras engullir la fresa tomó un sorbo de champán. Las burbujas le hicieron cosquillas en la garganta. La segunda copa la hizo sentirse un poco aturdida. La alzó en el aire y brindó sola por el comienzo de su vida como una criatura iluminada capaz de hacerse feliz a sí misma... o al menos capaz de sentirse satisfecha en la soledad de su propia compañía.

–Por ti, nena –dijo en alto.

Tras devorar todas las fresas que admitió su estómago, decidió retirarse a dormir. Ni siquiera se molestó en apagar las velas. Apartó la colcha, roció las sábanas con su perfume de violetas, se metió en la cama... y rompió a llorar, desconsolada.

Se preguntó cuánto tiempo llevaría siendo esquizofrénica sin que se lo diagnosticaran.

El amor era una bestia de malos modales capaz de transformar a una mujer fuerte en alguien incapaz de tomar una decisión respecto a nada; no sabía si acostarse con Travis o no, si vivir con él o sin él, si llorar o reír ante la ridiculez de su dilema. No entendía por qué tenía Travis tantas dificultades para decirle que la quería, porque le gustaba acostarse con ella pero no quería casarse con ella. Y a pesar de todos sus esfuerzos, ¿por qué era ella incapaz de dejarlo y marcharse con la cabeza alta y la dignidad intacta?

La respuesta a aquello parecía residir en el hecho de que la cama era demasiado grande sin Travis en ella y que no había logrado pasar un momento de la noche sin pensar en él.

Sin echarlo de menos desesperadamente.

Todo lo que había conseguido con su elaborado ritual había sido demostrar de una vez por todas que el amor era más poderoso que el orgullo. ¿Qué sentido tenía disimular cuando ni siquiera había logrado engañarse a sí misma? Como mujer moderna e inteligente que era, tal vez no necesitaba a un hombre a su lado para sentirse completa, pero necesitaba a Travis para sentir al menos algo.

En la oscuridad de la noche, en medio de su solitaria cama, Lauren tuvo una revelación. Era un error por su parte no aceptar a Travis tal como era y en la situación en que se encontraba. Su madre y Suzanne tenían razón.

En lugar de deprimirse por el hecho de que

Travis no estuviera preparado para la clase de compromiso que ella buscaba, debía aferrarse a lo que le ofrecía con ambas manos y rogar para que las cosas salieran bien. Había llegado el momento de crecer y madurar como mujer; no podía seguir siendo siempre la niña empeñada en satisfacer a un padre ausente que no la habría querido menos sin las expectativas poco realistas que ella misma se había creado en su nombre.

Sólo esperaba que no fuera demasiado tarde y que Travis no hubiera cambiado de opinión. Lo primero que haría a la mañana siguiente sería presentarse en su casa para aclarar las cosas. Si se presentaba con la maleta en la mano, era posible que Travis no tuviera valor suficiente como para rechazarla.

Cuando Travis detuvo el todoterreno ante su casa ya pasada la media noche y vio el coche de Lauren aparcado junto a la cabaña sintió un inmenso alivio.

Y también se enfadó.

Más le valía a Lauren tener una explicación adecuada para el hecho de haberse ido sin haber avisado antes a nadie de sus intenciones. Ni siquiera a él. Una mujer madura y responsable no podía desaparecer así como así sin decir nada. El mero hecho de pensar en ello le enfadó tanto que estuvo a punto de ir a llamar a su puerta para echarle una buena reprimenda. Y después de la reprimenda...

¿Pero por qué era incapaz de mantener la mente apartada del sexo cuando pensaba en ella? Le sorprendió que su cuerpo pudiera reaccionar de aquella manera a pesar de lo cansado que estaba. Sentía que había envejecido más en las pasadas cuarenta y ocho horas que en los dos últimos años.

¿No comprendía Lauren lo preocupado que había estado por ella? ¿Acaso no sabía cuánto la amaba?

¿Pero cómo iba a saberlo?

Un intenso sentimiento de culpabilidad hizo que su corazón se encogiera. A menos que Lauren fuera capaz de leer la mente, era imposible que tuviera aquella información. Él había sido incapaz de dársela hacía unos días, cuando tan desesperadamente la había necesitado ella. Ni él mismo había sido capaz de reconocer sus sentimientos hasta que había estado a punto de volverse loco de preocupación a causa de su ausencia. Era una vergüenza que hubiera tenido que irse para que él llegara a comprender la verdad.

¡Amaba a Lauren!

A aquellas alturas ya lo sabía toda la ciudad... excepto la propia Lauren. Travis Banks, que había jurado no volver a caer nunca en las redes de otra mujer, estaba perdidamente enamorado de una mujer que se negaba a aceptar su forma de vida. Y, extrañamente, la amaba aún más por ello.

Y no podía permanecer ni un minuto más sin decírselo. De manera que se encaminó hacia la cabaña con paso firme dispuesto a despertarla si era necesario para decirle lo que pensaba. Probablemente se habría expresado con más claridad por la mañana, pero no podía esperar tanto.

Desde que Lauren había desaparecido había sido incapaz de tomar algo aparte de café. La mezcla de la falta de sueño y el exceso de cafeína no lo habían transformado precisamente en una compañía ideal. Sus amigos de la comisaría podían atestiguar aquel hecho... y probablemente lo harían en el juzgado si alguno decidía presentar cargos contra él. De hecho, en aquellos momentos regresaba de allí después de haber montado una escena, alegando que no se tomaban en serio la desaparición de Lauren, con la que no debía haberse ganado precisamente la simpatía de las autoridades locales.

No le iba a quedar más remedio que ir al día siguiente a ver a Larry para decirle que estaba en lo cierto desde el principio. Lauren estaba bien y todo había vuelto a la normalidad.

¿O no?

Cuanto más se acercaba a la puerta de la cabaña, más desconcertado se sentía. A través de la ventana vio las velas encendidas en la mesa, que iluminaban los restos de una romántica cena con botella de champán incluida. Sobre el respaldo de la silla había una vaporosa bata...

Un trueno resonó en la distancia. Travis pensó que, si no se controlaba en los siguientes minutos, era muy probable que aquella noche acabara arrestado por asesinato.

Capítulo Trece

No siendo celoso por naturaleza, Travis se sintió abrumado por la intensidad de sus emociones. Había oído la expresión «verlo todo rojo», pero hasta aquel momento no había captado su significado. La rabia que sintió le nubló la visión e hizo que se tambaleara. Aferró la barandilla del porche con tal fuerza que estuvo a punto de arrancarla. Al ver un solo coche ante la casa dedujo que Lauren había recogido a alguien durante su escapada y lo había llevado allí para exhibirse ante él.

Alzó un puño para llamar, pero no se animó a hacerlo.

La idea de encontrar a Lauren con otro hombre en la cama le provocó náuseas.

¡Qué idiota había sido creyendo que Lauren se encontraba por encima de los mezquinos jueguecitos de otras mujeres! Había pasado dos días sintiéndose terriblemente culpable por haberla comprometido al pedirle que se trasladara a vivir con él como si no fuera más que una compañera de estudios en lugar de la mujer que merecía todo su amor.

Y pensar que había acudido a la cabaña con intención de proponerle matrimonio...

Pero, al parecer, Lauren no era mejor que Jaclyn, la maestra manipuladora que le había enseñado a no fiarse de ninguna mujer. Y, como su ex, Lauren quería dejarle bien claro que podía hacer lo que quisiera con su vida sin tener en cuenta sus sentimientos.

Si trataba de ponerlo celoso, estaba teniendo más éxito del que había tenido ninguna mujer en el pasado... pero aquello iba a suponer su perdición. Él se ocuparía de que fuera así cuando regresara arrastrándose y pidiendo su perdón.

Sabía que lo mejor que podía hacer era darse le vuelta y volver por donde había ido, pero la rabia que sentía era demasiado intensa.

¿Y qué revelaba sobre sí mismo el hecho de que aún amara a Lauren a pesar de su traición? Asqueado consigo mismo, se alegró de no haberle expresado abiertamente la profundidad de sus sentimientos. Al menos así se libraría de una humillación completa.

A pesar de todo trató de abrir la puerta... y se sorprendió al encontrarla abierta. Sin intención de mostrarse discreto, fue directamente al dormitorio sin notar que en la mesa tan sólo había una solitaria copa de champán. Su mirara tardó unos momentos en adaptarse a la penumbra reinante. Cuando entró en el dormitorio tropezó con algo que había en el suelo y anunció involuntariamente su presencia con una exclamación.

–¿Quién está ahí? –preguntó Lauren.

Con el corazón en la boca, se irguió en la cama y trató de encender la lámpara de la mesilla de noche, pero sólo logró tirarla.

Una oscura y poderosa figura se hallaba en la entrada del dormitorio, respirando pesadamente. Lauren tomó una caracola decorativa de la mesilla de noche, dispuesta a defenderse.

–¿Quién diablos crees que puedo ser?

Al reconocer la enfadada voz de Travis, Lauren dejó caer la caracola.

–¡Me has dado un susto de muerte!

Murmurando algo incoherente, Travis encendió la luz del dormitorio y la miró sin ocultar su expresión de desprecio.

Un desconocido con una mirada capaz de taladrarla había sustituido al delicado y tierno amante que Lauren había dejado menos de dos días atrás. Tenía los puños firmemente apretados y parecía a punto de estallar.

–¿Qué sucede? –preguntó Lauren, a la vez la voz de su conciencia le decía que debería haberle avisado de que se iba, aunque lo cierto era que lo había hecho en tal estado de confusión mental que ni siquiera se había parado a pensar en aquel detalle. Además, no sabía qué podía haber hecho para que Travis estuviera en aquel estado.

–¿Has estado bebiendo? –preguntó.

Travis la miró de arriba abajo con expresión insolente. Lauren se cubrió instintivamente con la sábana.

–¿Dónde está?

–¿Quién? –preguntó ella, confundida.

Travis abrió de par en par la puerta del baño. Al no encontrar a nadie dentro, apartó la cortina del baño... donde tampoco encontró a nadie.

Impertérrito, fue hasta el armario y lo abrió tras plantar las piernas ante él como un gigante enfadado. Un gigante que empezó a sentirse del tamaño de un ratón al darse cuenta de hasta qué punto había metido la pata.

–¿A quién estás buscando?

Travis comprobó que la ventana estaba cerrada y que las cortinas no se estaban moviendo a causa de una huida repentinamente planeada. Nada. Era evidente que allí no había nadie excepto ellos dos. Se sentó a los pies de la cama y agachó la cabeza mientras su furia se transformaba en venganza.

No podía haber en el mundo un cretino mayor que él.

No había duda de que aquella mujer tenía el poder de convertirlo en un bruto descerebrado. No podía creer que se hubiera precipitado a sacar aquellas conclusiones sin conceder a Lauren el beneficio de la duda. Esperaba no haberla asustado hasta el punto de que no quisiera volver a verlo.

Ver la conmoción que reflejaba su rostro le hizo sentirse como un monstruo. ¿Pero cómo podía racionalizar su repentina muestra de estupidez celosa? La falta de comida y de sueño no bastaban para explicar su reacción.

–Al parecer estoy buscando al tipo que ha hecho que un completo idiota como yo recupere el sentido –explicó crípticamente.

Lauren lo miró como si se hubiera vuelto loco.

–¿De qué estás hablando?

Travis dudaba que Lauren fuera a sentirse halagada por el hecho de que hubiera pensado que había metido a otro hombre en su cama. Con la esperanza de distraer su atención del mal comportamiento que había tenido, utilizó un tono de voz mucho más suave mientras avanzaba lentamente hacia ella en la cama.

–Baste decir que he perdido la cordura por unos momentos y que he pensado que tú la estabas ocultando, mi pequeña fugitiva. ¿Crees que podría estar en algún sitio bajo las sábanas?

–Tal vez deberías buscar bajo la cama –sugirió Lauren irónicamente.

Si lograba besarla rápidamente, Travis tenía la esperanza de poder pasar por alto el verdadero motivo de su ataque de locura temporal.

–¿He mencionado el alivio que me ha producido saber que estabas de vuelta en casa? –preguntó con un ligero matiz de censura.

–Lo siento. De verdad que lo siento. Debería haberte llamado por teléfono.

El mundo de Travis se iluminó de pronto. Su

corazón, que se había encogido ante la idea de que Lauren pudiera engañarlo, pareció expandirse de pronto en su pecho. Tal vez, si lograba que se sintiera lo suficientemente culpable por haberlo tenido tan preocupado, pasaría por alto su comportamiento de auténtico cavernícola y le permitiría echar un vistazo bajo la sensual negligé que llevaba puesta.

–He llegado a casa hace rato –dijo Lauren–. ¿Dónde estabas?

La pregunta hizo que Travis detuviera en seco sus avances.

–¿De verdad tienes la audacia de preguntarme dónde he estado yo?

–No pretendía que te preocuparas... –murmuró Lauren, culpabilizada.

–¿Seguro que no? ¿No pretendías que me volviera loco de preocupación para hacer que me arrodillara ante ti?

Lauren se ruborizó.

–De acuerdo, lo reconozco. En el fondo supongo que esperaba que me echaras de menos mientras estaba fuera. Pero sobre todo necesitaba recapacitar y, ya que no soy capaz de pensar con claridad cuando te tengo cerca, decidí tomarme un poco de tiempo para meditar sobre la situación –dijo a la vez que alargaba una mano para acariciar la mejilla de Travis.

De pronto, Travis tampoco fue capaz de pensar con claridad. Al menos con la cabeza.

–Además, no creía necesitar tu permiso para irme –añadió Lauren con una sonrisa.

–¿Y has llegado a alguna conclusión mientras has estado fuera? –pregunto él con voz ronca.

–Sí. Pero tal vez no deberíamos hablar de esto en la cama –dijo Lauren.

La misteriosa sonrisa que curvó sus labios hizo pensar a Travis en la Mona Lisa.

Apartó la mano de Lauren de su mejilla y se sentó a su lado en la cama.

–Si prometes mantener las manos quietas, yo prometo permanecer en mi lado de la cama hasta que resolvamos nuestras diferencias.

Lauren cruzó remilgadamente las manos sobre su regazo.

–Trato hecho –dijo a la vez que una ligera lluvia comenzaba a golpear el techo de la cabaña. Suspiró y miró a Travis a los ojos–. Te alegrará saber que mientras he estado fuera he llegado a la conclusión de que estaba equivocada presionándote para que hagas algo que no deseas sólo por hacerme feliz. Sólo debes hacer lo que te haga feliz a ti.

El aroma de Lauren hacía feliz a Travis. El brillo de sus ojos. El sonido de su risa. El modo en que le hacía sentirse cuando estaba cerca de ella.

Y tenía intención de decírselo en cuanto dejara de hablar. Ella lo hacía feliz.

–No tengo derecho a pedirte que seas nadie excepto tú mismo –continuó Lauren–. Te quiero, Travis Banks, pero probablemente tienes mucha razón al pensar que necesitamos llegar a conocernos mejor.

Travis no podría haberse sentido más sorprendido. ¿Se habría arrepentido Lauren de su plan de casarse? Con lo volátil que era su carácter, podía acabar perdiéndola si no tenía cuidado.

–¿Qué tratas de decir exactamente, Lauren?

–Que me gustaría irme a vivir contigo... si no has cambiado de opinión al respecto, claro.

Una semana atrás, Travis se habría sentido como si hubiera ganado al conseguir aquello. Pero la declaración que acababa de hacer Lauren sólo sirvió para aumentar su deseo de comprometerse a algo más formal. Algo que durara para siempre.

–He cambiado de opinión –dijo enfáticamente–. Desde luego que he cambiado de opinión.

Lauren bajó la mirada hacia su regazo. Para evitar que le temblaran las manos las unió y apretó con tal fuerza que se le pusieron blancas. Se mordió el labio hasta que le supo a sangre. Su madre y Suzanne le habían advertido que podía pasar algo así. Había tenido su oportunidad de ser feliz y la había malogrado por completo.

Y no podía culpar a nadie excepto a sí misma.

No podía culpar a Travis por haber cambiado de opinión. Hizo un esfuerzo por contener las lágrimas. Montar una escena sólo serviría para empeorar las cosas, de manera que sonrió valientemente cuando volvió a mirarlo.

–Comprendo –dijo–. ¿Cuándo quieres que deje la cabaña?

–De inmediato.

La inmediata respuesta de Travis fue como una bofetada para Lauren.

Aturdida, trató de salvar los restos de su dignidad. Apartó la sábana e intentó salir de la cama sin desmoronarse. Travis la tomó del brazo y la atrajo hacia sí.

–Creo que no has entendido.

–Yo creo que sí te he entendido.

–Quiero casarme contigo, Lauren. Quiero que seas mi esposa.

Lauren interpretó mal las palabras de Travis y trató de aclarar las cosas de nuevo.

–Ya te lo he dicho. No tienes por qué casarte conmigo. No creo estar embarazada, si eso es lo que te preocupa, y daría igual aunque fuera así. Estoy bien, en serio. Con o sin anillo.

Travis sonrió.

–Eso ya lo sé, pero a mí no me basta un compromiso a medias. Y quiero mucho más de ti que los meros derechos conyugales. Y, por si te interesa saberlo, me decepciona que no estés embarazada. Nada en el mundo podría hacerme más feliz que tener un hijo contigo. Desde que te fuiste no he dejado de pensar sobre mi vida antes de que tu entraras en ella, y te aseguro que era muy triste y solitaria. Y tuvieras intención o no de preocuparme al marcharte, te aseguro que me he preocupado –cubrió con un dedo los labios de Lauren al ver que iba a disculparse de nuevo–. Y por cierto, espero que hayas llamado a tu madre para decirle que estabas de vuelta. Yo no he sido el único que se ha preocupado por tu repentina marcha.

Lauren tuvo el detalle de mostrarse avergonzada. No se le había pasado por la cabeza que alguien pudiera echarla de menos durante una ausencia tan breve y supuso que podría haber reprochado a Travis que hubiera hecho que todo el mundo se preocupara.

–No me di cuenta...

–Yo tampoco –interrumpió Travis–. Y ésa es la cuestión. No me había dado cuenta de lo importante que eres para mí, de cuánto te necesitaba. Te he echado de menos como no puedes imaginarlo. Cuando he pensado que estabas aquí con otro hombre me he vuelto loco.

Lauren lo miró con expresión perpleja.

–¿Qué has pensado?

–Oh, vamos –dijo Travis a la defensiva–. ¿Qué iba a pensar si no? Champán, velas, tu ropa interior por las sillas... –entrecerró los ojos al pensar en una insidiosa posibilidad–. No habrás elaborado esa escena sólo para ponerme celoso, ¿no?

La risa de Lauren aplacó de inmediato aquella preocupación.

–¿No me dijiste una vez que no había un solo hueso celoso en tu cuerpo? –preguntó a la vez que alzaba una mano para acariciar con ternura la mejilla de Travis.

Por la ciudad corrían rumores de que varias

mujeres habían fallado estrepitosamente al tratar de jugar aquella baza con él.

–Y no los había... hasta que te he conocido. Pero sigo sin entender para qué organizaste esa solitaria fiesta sin invitarme.

–No era exactamente una fiesta. Era más bien una especie de... ritual para ayudarme a superar lo nuestro.

Travis arqueó una ceja.

–Espero que no fuera un muñeco de vudú acompañado de unas cuantas agujas.

–Más bien trataba de quererme a mí misma con la esperanza de abrir el camino de mi corazón para tu amor.

Travis bajó de la cama y se arrodilló ante ella.

–En ese caso, creo que el ritual funcionó de maravilla.

El momento que Lauren había esperado toda su vida no habría podido ser más surrealista. Conmovida por la emoción que había hecho que aquel hombretón se arrodillara ante ella, tocó su sien con mano temblorosa. Él tomó su mano y la besó en el centro de la palma. Una oleada de calor recorrió a Lauren mientras su corazón comenzaba a latir con tal fuerza que temió no poder hacerse oír por encima del ruido. Miró los ojos grises de Travis y vio su alma reflejada en ellos.

–¿Quieres hacerme el hombre más feliz de la tierra?

Sólo faltaba una cosa para que el momento fuera perfecto.

¿Sería pedir demasiado que todas las piezas del cuento encajaran? Lauren se preguntó si su afán por escuchar las dos palabras mágicas en labios de Travis podría ser su ruina. Pero debía correr el riesgo.

–Aún no me has dicho que me amas –susurró.

–No me resulta fácil pronunciar la palabra amor, corazón, pero si te casas conmigo, me esforzaré en lograr que llegue a formar parte de mi vocabulario diario. Te amo, Lauren. Con todo mi corazón y mi alma, y lo seguiré haciendo mientras me quede aliento. Si me haces el honor de convertirte en mi esposa, te cuidaré y querré tanto que nunca tendrás que volver a cuestionarte mis sentimientos.

Aquellas palabras parecieron colmar un vacío en el interior de Lauren, que contestó como le dictó su corazón. Tomó el rostro de Travis entres sus manos y lo cubrió de besos antes de tirar de él para que se metiera en la cama. Murmuró su nombre con ternura y lo tomó entre sus brazos para darle la bienvenida del mejor modo que sabía.

Al día siguiente trasladarían sus cosas. Al día siguiente empezarían a hacer planes para la boda y para su futuro.

Pero aquella noche compartirían la cama de la cabaña que los abuelos de Travis erigieron con su amor tanto tiempo atrás. Ambos estaban anhelantes por darse el festín que los aguardaba... festín que no tenía nada ver con las fresas cubiertas de chocolate que había en la cocina.

Epílogo

Un murmullo recorrió a la multitud mientras el ramo de rosas rosas volaba por los aires. Algunos de los invitados apenas reconocieron a la mujer que lo había lanzado. Con un precioso vestido color marfil, era la criatura más encantadora que habían visto en su vida.

No había duda que el aspecto de la señora de Travis Banks superaba con creces a la de la profesora de inglés que todos conocían. Era casi como si Lauren Hewett hubiera vivido oculta tras una capa de la que se hubiera desprendido aquel mismo día para casarse con el soltero más codiciado de la ciudad.

Algunos aún no se habían recuperado de la velocidad de los acontecimientos. Después de todo, sólo hacía dos meses que habían asistido a la boda de Barbara Aberdeen y que habían sentido una punzada de lástima por la solterona de su hija.

Con pequeñas florecillas y perlas esparcidas por su pelo, Lauren era la viva imagen de la novia perfecta. Nunca habían visto una novia más vibrante, más sonriente... ni a un novio tan atractivo y feliz. Las palabras que pronunciaron en el altar fueron tan sinceras y conmovedoras que algunos de los asistentes se vieron obligados a sacar sus pañuelos.

Cuando llegó el momento de que Lauren arrojara el ramo, varios invitados comentaron que fue precisamente ella quien lo atrapó el día de la boda de su madre, lo que ayudó a mantener viva la famosa tradición. Y al parecer, aquel día se acumularon más mujeres solteras de lo habitual a los pies de las escaleras con la esperanza de ser las siguientes en la lista.

–Preparaos –dijo Lauren con una risita mientras se daba la vuelta.

Un segundo después arrojaba el ramo por los aires. Éste cayó en manos de una tímida chica que apenas se había movido del sitio en el que llevaba casi una hora. La pobre no podría haberse mostrado más sorprendida cuando el ramo cayó en sus manos.

Desde lo alto de la escalera, Lauren le dedicó una sonrisa y un guiño de complicidad.

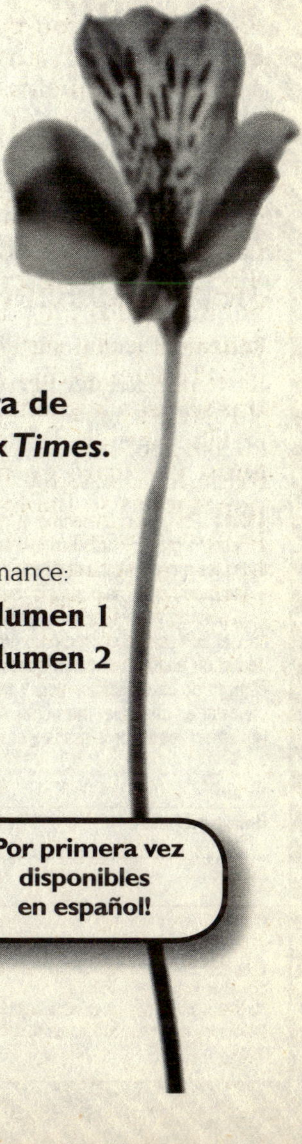